# DÉTECTIVE DE CHOC !

**Vous aimez les livres de la série**

**Écrivez-nous**
pour nous faire partager votre enthousiasme :
Pocket Jeunesse, 12, avenue d'Italie, 75013 Paris.

# Sabrina

## l'apprentie sorcière

# Détective de choc !

David Cody Weiss et Bobbi J.G. Weiss

*Traduit de l'américain par Vanessa Rubio*
*et adapté par Shaïne Cassim*

POCKET
*jeunesse*

Titre original :
*Go Fetch !*

Publié pour la première fois en 1998
par Pocket Books, États-Unis

ISBN 2-266-11165-5

**Tu as envie de lire des romans drôles, pétillants, irrésistibles ?**

**Abracadabra !**

**La série**

l'apprentie sorcière

**est faite pour toi !**

*À JtBoD*

# 1

## Qui est là ?

Tapi sur la dernière marche de l'escalier, Salem glissa un œil prudent sur le palier du premier étage. La voie était libre. Il valait mieux ne pas se trouver sur le passage des trois sorcières qui habitaient la maison. Elles étaient toujours sur les nerfs le matin !

Le chat évalua la distance qui le séparait du panier en osier posé devant le placard à linge. Au moins, perché là-haut, il serait en sécurité. Il prit son élan et s'élança dans les airs, visant le couvercle.

Mais Salem avait beau être vif comme l'éclair, il ne pouvait rien contre la magie. Alors qu'il était en plein vol, le panier s'ouvrit. Agiter les griffes et pédaler dans le vide, rien n'y fit ! Il atterrit au beau milieu du linge sale. Et pour couronner le tout, une seconde plus tard, il reçut un tas de serviettes trempées sur la tête.

— Hé ! Je vous rappelle que les chats n'aiment pas l'eau ! gronda-t-il, indigné.

Les serviettes s'élevèrent alors dans les airs pour s'arrêter à quelques centimètres de l'index de Zelda Spellman.

— Salem ! hurla-t-elle. Qu'est-ce que tu fabriques ? Tu sais bien qu'on est pressées le matin ! Allez, sors de là !

Salem vint se percher sur la rambarde de l'escalier, évitant de justesse les serviettes qui retombaient dans le panier en osier. Ses poils se hérissèrent.

— Grumpf ! Non seulement on oublie mon petit déjeuner mais, en plus, on me traite comme une chaussette sale !

Mais Zelda, l'aînée des sœurs Spellman, était déjà repartie dans sa chambre.

Juste à ce moment-là, une porte s'ouvrit : Sabrina apparut, les cheveux ébouriffés et les yeux gonflés. Elle traversa le palier comme une somnambule pour aller frapper à la porte de la salle de bains.

— Dépêche-toi, tante Hilda. Je vais être en retard en cours.

— J'en ai pour deux secondes. Je me démaquille et je te laisse la place.

En attendant, Sabrina se laissa tomber par terre en bâillant.

Toujours sur son perchoir, Salem agitait la queue rageusement.

— Hé ! J'attends mon petit déjeuner ! Dans cinq minutes, je téléphone à la Société Protectrice des Chats Affamés !

— Tu attendras que j'aie pris ma douche ! répliqua Sabrina.

— Mais tu ne fais rien, là ! Prépare-moi une bonne petite pâtée en boîte. Après tu la passes au micro-ondes pour qu'elle soit légèrement tiède. Ça me rappellera la chasse à la souris.

— Tu parles, tu n'as jamais rien attrapé de ta vie, à part les restes dans la poubelle !

Trois petits coups frappés dans le placard à linge interrompirent leur conversation.

Salem et Sabrina se dévisagèrent, interloqués. On frappa à nouveau.

— Même si je voulais, je ne pourrais pas ouvrir avec mes petites pattes, fit le chat en s'étirant paresseusement. À toi de jouer, ma grande.

Sabrina rajusta la ceinture de son peignoir de bain bleu avec des étoiles blanches. Puis elle s'approcha de la porte d'un pas décidé.

— Si c'est encore un vendeur de manuels de magie poussiéreux, il va être bien reçu !

Mais l'homme qu'elle découvrit dans le placard n'avait rien à vendre. Il portait un vieil imper ceinturé à la taille et un chapeau de feutre mou. Une sorte de cure-dent mâchouillé pendait au coin de sa bouche. Il fixa ses grands yeux inexpressifs un moment sur Sabrina, puis demanda d'une voix enrouée :

— Je suis bien au domicile de Salem Saberhagen ?

— Génial, Colombo vient me rendre visite ! ironisa Salem.

L'homme le foudroya du regard.

— Je m'appelle Noir. Sacha Noir, pour te rafraîchir la mémoire.

— Ah, dans mon souvenir, ton imper n'était pas aussi défraîchi, justement. Enfin, ce doit être dur de gagner son bol de croquettes de nos jours.

— Toi, tu as un nouveau manteau, à ce que je vois. Et de fourrure, en plus. Ça te va bien, enfin, si on aime les boules de poils prétentieuses.

— C'est sûr, la fourrure me va mieux qu'à toi. Tu n'as pas changé. Quand on a été un chien, on le reste pour la vie.

— Tu as quelque chose contre les chiens, le chat ?

Salem hocha la tête.

— À part qu'ils sont bêtes, lourdauds et pénibles ? Oui. Je trouve qu'ils sentent mauvais.

Sabrina suivait la conversation comme un match de tennis. À force de tourner la tête de droite à gauche et de gauche à droite, elle commençait à avoir mal au cœur. Alors elle leva la main pour réclamer le silence.

— Temps mort ! Vous pourriez m'expliquer ce qui se passe ?

— Je cherche un certain Gotham, répondit Sacha Noir. C'était un pote de votre minou chéri.

— Ce n'était pas mon « pote », mais mon

domestique, rétorqua Salem. Entre nous, il n'était pas du genre malin. Mais je ne l'ai pas vu depuis que j'ai été condamné à devenir un chat.

— Et qu'est-ce que vous lui voulez, à ce Gotham ? demanda Sabrina.

Sacha Noir prit l'air mystérieux.

— Disons que je voudrais lui poser deux, trois questions.

Salem éclata de rire.

— Deux, trois questions, hein ? Pas plus, j'espère, parce que, à la troisième, il aura déjà oublié comment il s'appelle. Il est bête comme ses pattes.

— Il t'a pourtant bien aidé quand tu voulais prendre le contrôle du monde, je me trompe ?

— Il fallait bien quelqu'un pour commander les pizzas, répliqua Salem. Mais j'espère ne plus jamais avoir affaire à cette espèce d'andouille.

Le détective se mit à renifler bruyamment.

— J'ai enregistré ton odeur, le chat. Pour le moment, on en reste là. Mais je te jure que si tu as trempé dans ce mauvais coup, j'aurai vite fait de te retrouver !

Il se tourna vers Sabrina et toucha le bord de son chapeau.

— Désolé d'avoir abusé de votre temps, mademoiselle.

Il lui tendit une carte de visite toute cornée.

— Si vous avez du nouveau, appelez-moi.

Puis il rentra dans le placard, referma la porte et disparut dans un grondement de tonnerre.

Sabrina sursauta, revenant brutalement à la réalité.

— Quelle heure est-il ? Oh, non ! J'ai raté mon bus ! Je vais devoir utiliser mes pouvoirs.

Elle pointa du doigt et se retrouva propre comme un sou neuf. Elle donna un autre coup d'index pour transformer son peignoir en robe et collants noirs, et un dernier sort la transporta instantanément derrière le lycée, son sac sur l'épaule.

Le pauvre Salem resta perché sur la rambarde à miauler :

— Et mon petit déjeuner, alors ?

## 2

# Une journée de chien !

Salem finit par obtenir sa pâtée. Hilda la lui servit en râlant avant de filer faire les boutiques. Le chat n'avait plus qu'à se trouver un dessert tout seul.

Pour lui, un repas sans dessert, c'était inimaginable ! Il arrivait toujours à dénicher une petite friandise quelque part. Cette fois-ci, il commença par lécher la cuillère de confiture qu'Hilda avait utilisée et la laissa propre comme un sou neuf. Puis il fouilla dans la poubelle : un reste de thon. Son « dessert » ne devait plus être très frais car il sentait un peu fort, mais c'était un régal.

Ensuite, il s'installa au soleil sur les marches du perron pour digérer. À moitié endormi, il n'entendit pas le placard à linge s'ouvrir au premier étage. C'est un cliquetis de griffes sur le carrelage de la cuisine qui attira son attention. Puis il entendit renifler et marmonner :

— Logiquement, il doit être dans le coin ! Il ne quitterait jamais une vie aussi pépère : logé, blanchi, nourri... C'est sûr, il habite ici. Le problème, c'est de savoir s'il est là aujourd'hui...

Cette voix lui rappelait quelque chose.

« C'est ce casse-pieds de détective qui est revenu, se dit Salem. Il doit croire qu'il n'y a personne dans la maison. Il veut en profiter pour fourrer son nez partout. Eh bien, il va avoir un sacré choc ! »

Il se leva et se faufila à l'intérieur par sa chatière. Remarquant un mouvement derrière le comptoir de la cuisine, il sauta dessus en criant :

— Je t'ai eu, espèce de fouineur !

Et là, il resta bouche bée. De l'autre côté du bar, au lieu du détective en imper, il découvrit un énorme chien de berger.

— Hé, mais qu'est-ce que c'est que ce cirque ? Un chien dans *ma* cuisine !

Il était au moins cinq fois plus gros que Salem, avec de longs poils noir et blanc tout fous. Derrière sa frange ébouriffée, on apercevait des yeux brillants. Une langue rose pleine de bave pendait de sa gueule. Il leva la tête vers la voix qui l'avait interpellé mais, en apercevant le chat, il parut troublé.

— Salem ? Salem, où es-tu ? Tu joues encore les ventriloques, comme la fois où tu m'as fait croire que les anchois de ma pizza me parlaient ? Hein, c'est ça ?

Il renifla le félin d'un air dégoûté.

— Oh, Salem, qu'est-ce que tu fabriques avec cette saleté de chat ?

— C'est moi, le chat, espèce d'idiot, répliqua Salem.

Puis soudain, il réalisa avec effroi qui se tenait devant lui.

— Les anchois qui parlent ! Gotham... ?

Le chien pencha la tête sur le côté, perplexe.

— Salem ? C'est toi ? Mais, nom d'un chien, depuis quand tu es un chat ?

— Et toi ? Depuis quand tu es un chien ?

— J'ai demandé en premier.

Agacé, Salem lui tourna le dos en murmurant :

— Drell m'a changé en chat il y a trente ans pour me punir d'une toute petite erreur.

— Tu veux parler de ton plan pour conquérir le monde ?

Salem soupira.

— Je suis content de voir que tu as toujours l'esprit aussi vif, même en chien. Et toi ? Que t'est-il arrivé ?

— C'est trop long à raconter... Moi, j'aimais bien quand on travaillait ensemble. Alors j'ai décidé de t'offrir un beau cadeau pour qu'on puisse à nouveau être amis.

Gotham brandit alors un drôle d'objet en cuir. Il le prit dans sa gueule pour le montrer à Salem.

— Recharde, che t'ai appochté la Godache !

Salem eut l'impression d'avoir reçu un seau d'eau froide sur la tête.

— Gotham, ce n'est quand même pas ce que je crois ?

Le chien se dressa sur ses pattes arrière pour déposer son cadeau sur le comptoir, aux pieds du chat.

— Ah, ah ! Je savais que ça te ferait plaisir que je te ramène cette Godasse !

— Où tu l'as dénichée ?

— J'ai profité que Drell était à la Foire des Nouvelles Technologies de sorcellerie pour entrer chez lui. Et tu sais quoi ? Il ne ferme même pas sa porte ! Ça a été un jeu d'enfant, je n'ai eu qu'à me servir.

Le chien battait de la queue, tout fier.

— Salem, on raconte que c'est hyper risqué de voler quelque chose chez Drell ! C'est des histoires ! Il n'y a eu qu'un seul problème. En sortant, je me suis aperçu que j'étais transformé en chien.

Salem s'effondra sur le comptoir, la tête dans les pattes.

– Tu es allé chez Drell pour lui voler son talisman ? Cette sandale qui est le secret de son pouvoir ? Pas étonnant que Sacha Noir ait débarqué ici ce matin pour te chercher.

— Sacha Noir ? Ah, je ne l'aime pas, ce type-là. Il me fait froid dans le dos... Il a quelque chose d'inhumain.

— Bien sûr, espèce d'andouille ! C'est l'agent de sécurité de Drell ! Il lui a donné une forme humaine mais, avant, c'était un chien-loup ! Et tu sais quoi ? Drell transforme tous les cambrioleurs qui s'introduisent chez lui en chiens, pour qu'il puisse les retrouver plus facilement. Tu piges ce qui t'est arrivé ?

Salem repoussa la Godasse d'un revers de patte. Elle manqua de peu la truffe humide de Gotham et atterrit à ses pattes.

— Il faut que tu remettes ce truc à sa place avant que Drell s'aperçoive de sa disparition.

— Je ne comprends pas ! fit le chien, vexé. Alexandre le Grand portait cette sandale lors de ses conquêtes. Tous ceux qui l'ont eue entre les mains sont devenus tout-puissants ! Jules César, Auguste, Napoléon, Drell... Tu pourrais t'en servir pour prendre le contrôle du monde et on s'amuserait à nouveau tous les deux !

— Tu parles ! Je ne gagnerai qu'une chose : Drell me transformera en descente de lit ! répliqua Salem. Rapporte cette fichue godasse où tu l'as trouvée, Gotham !

Soudain, le chat et le chien se figèrent en entendant des pas lourds au premier étage. Une voix rauque leur parvint :

— Saberhagen ? J'ai encore quelques questions à te poser.

Salem se hérissa.

— C'est Sacha Noir ! C'est pas vrai, ne me dis pas que tu n'as pas refermé la porte du placard !

Gotham leva un regard stupide vers le chat.

— Oh, oh ! Qu'est-ce qu'on va faire ?

— Toi, je ne sais pas mais, moi, je suis innocent ! glapit Salem.

Le détective descendait l'escalier.

— Je le sens, il y a un chien dans les parages. Je savais que Gotham n'était pas loin ! Vous allez tous les deux venir avec moi. Drell sera content de vous voir, disait-il.

— Bon, visiblement, il est trop tard pour rapporter la Godasse, constata Salem. Vite, prends-la. On décampe !

Il sauta du comptoir et fila vers sa chatière. Il réalisa alors qu'elle était bien trop petite pour l'énorme chien de berger. Il freina de toutes ses griffes en soufflant :

— Par ici, gros tas de poils !

Et il se rua à toutes pattes vers l'entrée. Mais il n'eut pas le temps de l'atteindre car soudain un drôle de bruit retentit. Sproing !

Un immense filet argenté se déploya, leur bloquant le passage.

Avec un miaulement de surprise, Salem tenta de faire demi-tour mais sa queue se prit dans l'espèce de toile d'araignée géante et poisseuse. Le chat planta ses griffes dans un tapis pour tirer de toutes ses forces. Il finit par s'arracher du filet. Il y laissa bien quelques poils mais au moins il était libre !

Il traversa la salle à manger comme un fou, sans se soucier de Gotham qui galopait derrière lui. Une seule solution : se faufiler discrètement jusqu'à l'escalier pour grimper au premier étage et se cacher sous le lit de Sabrina. Mais le gros chien avait un autre plan.

C'est à ce moment-là qu'il se décida à réagir. Prenant Salem par la peau du cou, il se rua dans les escaliers. Il monta les marches quatre à quatre puis se jeta dans le placard à linge encore ouvert.

Salem ne comprenait plus rien. Il ne savait qu'une chose : il était dans le pétrin par la faute de ce gros balourd de chien.

Il vit les étagères pleines de linge bien plié défiler sous ses yeux... puis un éclair, un grondement de tonnerre et... plus rien.

# 3

# Salem a disparu !

Après les cours, le bus déposa Sabrina au coin de la rue, à une centaine de mètres de chez elle. En approchant de la maison, elle remarqua que la porte était entrouverte. Que se passait-il ? Inquiète, elle poussa la porte en criant :

— Tante Zelda ? Tante Hilda ?

— N'entre pas ! répondit cette dernière.

Sabrina s'arrêta net sur le seuil. Elle ne reconnaissait pas cette voix. Que faire : courir chercher de l'aide ou foncer à l'intérieur ?

Quoique... elle ne pouvait pas appeler les secours. Ses tantes et elle étaient des sorcières ! Si elles avaient des ennuis, ce n'était certainement pas des mortels, même policiers ou pompiers, qui pourraient les aider. Et, en plus, elles auraient beaucoup de mal à expliquer toutes les choses bizarres qui pouvaient se produire dans leur maison !

Finalement, Sabrina prit son courage à deux mains et entra. Elle essaya de pousser la porte du salon, mais quelque chose la bloquait ! Dans l'entrebâillement, elle aperçut sa tante Hilda prise dans une sorte de filet géant.

— Attention, Sabrina ! Ne touche surtout pas les toiles d'araignée sinon tu vas te retrouver coincée aussi !

Des toiles d'araignée ? Sabrina se figea. En effet, au bout du couloir, l'accès à la cuisine était bloqué par le même genre de filet que celui qui emprisonnait sa tante. Apparemment, il y en avait partout dans la maison !

— Qu'est-ce qui se passe ? demanda la jeune sorcière, au bord de la crise de nerfs. Qu'est-ce que je dois faire ?

— D'abord, calme-toi ! lui répondit sa tante. C'est une invasion d'araignées de l'Autre Royaume. Elles tissent des toiles

24

redoutables pour attraper les créatures magiques. Essaie de te faufiler dans la cuisine pour prendre la bombe Antibêbêtes dans le placard secret.

— D'ac, j'y vais.

Sabrina ressortit de la maison et courut à la porte de derrière. Elle l'entrouvrit. Ouf ! pas d'araignées en vue. Elle se précipita pour prendre l'insecticide dans le placard où les sœurs Spellman rangeaient tous leurs produits magiques.

Quelques secondes plus tard, elle était de retour à l'entrée du salon.

— Dépêche-toi, Sabrina ! Ça me gratte !

— Tiens bon, j'ai l'Antibêbêtes.

Elle pointa l'aérosol sur l'une des extrémités du filet. La toile se ratatina en grésillant, comme un œuf au plat dans une poêle chaude. Elle se détacha du mur, puis s'effrita en dégageant un nuage de fumée verte.

Sabrina répéta l'opération jusqu'à ce que la toile libère sa tante. Hilda tomba par terre avec un bruit sourd.

Elle se releva en époussetant ses vêtements.

— Beurk ! Je déteste ces trucs-là ! Les araignées ne s'attaquent qu'aux mouches, mais leurs filets sont vraiment répugnants.

— Elles tissent des toiles aussi grandes pour attraper des mouches ? s'étonna Sabrina.

— Des mouches magiques, voyons ! Ces bestioles sont de la taille d'une basket, ma chérie.

— Quelle horreur ! Mais comment ont-elles pu entrer chez nous ?

— Sûrement la dernière fois que quelqu'un est entré par le placard à linge. Mais, tu as raison, c'est bizarre ! s'exclama Hilda. Je suis restée empêtrée dans ce truc plus d'une heure et je n'ai pas vu une seule araignée passer !

— Peut-être que c'est Salem qui les a chassées, suggéra Sabrina.

— Cette poule mouillée, tu parles ! Ça m'étonnerait.

Sabrina et sa tante firent le tour de la maison pour vérifier qu'aucun insecte ne s'était caché dans un coin.

— Ouf ! plus de bestioles nulle part !

s'écria Hilda, soulagée, en se laissant tomber dans le canapé.

— Ni de Salem, répliqua Sabrina.

— Ne t'en fais pas, il pointera sûrement son museau à l'heure du dîner, la rassura sa tante.

Le soir venu, Zelda, Hilda et Sabrina étaient attablées devant un repas chinois. Toujours pas de Salem. Pourtant, il adorait le potage aux crevettes !

Sabrina était morte d'inquiétude.

— Il a dû se cacher sous ton lit parce qu'il avait peur des araignées, affirma Zelda.

— Non, j'ai déjà regardé.

Après manger, Sabrina enfila un imper pour faire le tour du quartier en appelant son chat. Mais aucun signe de Salem.

La jeune fille décida finalement d'aller se coucher, mais elle ne trouvait plus son peignoir de bain. Elle le chercha partout puis, elle se rappela qu'elle l'avait transformé en robe le matin même avant d'aller en cours. Elle lui rendit sa forme en pointant. Zap !

En l'enfilant, elle découvrit un petit morceau de carton dans la poche. La carte de visite de Sacha Noir ! Elle l'avait oublié, celui-là. Il y avait sa photo et son nom mais pas de numéro de téléphone ni d'adresse. Comment pouvait-on le contacter, alors ?

Haussant les épaules, Sabrina posa la carte sur sa table de nuit.

Elle eut beaucoup de mal à trouver le sommeil ce soir-là : d'habitude, Salem dormait roulé en boule au bout du lit.

# 4

# Perdus au milieu de Nulle part

Salem et Gotham étaient arrivés Nulle part.

Vraiment.

Il n'y avait rien sous leurs pattes. Rien au-dessus de leur tête. Que du vide partout, tout autour d'eux. Et c'était comme ça depuis qu'ils étaient passés par le placard à linge.

Ils marchaient depuis des heures, des jours peut-être. « Merci, Gotham ! » pesta Salem.

— Tu es entré dans le placard sans avoir aucune idée d'où tu voulais aller, hein ? Voilà le résultat : quand on a la tête vide, on se retrouve dans le vide ! Bravo !

— Je t'ai déjà dit que j'étais désolé, gémit le chien. Je voulais juste prendre la fuite, je n'ai pas réfléchi. Je voulais te sauver des griffes de ce bonhomme. Tu sais, je t'aime bien. Tu as vu, je t'ai rapporté la Godasse pour que tu puisses prendre le contrôle du monde.

Salem soupira. La Godasse, oui. C'était le genre de sandale de cuir que portaient les Romains dans l'Antiquité. Et elle pendait maintenant lamentablement au cou de Gotham. Salem avait tant rêvé de la posséder pour avoir le pouvoir ! Ça lui faisait mal au cœur, mais il fallait la rendre à Drell. Maintenant qu'il était prisonnier de ce corps de chat, il n'avait aucune chance de réussir à prendre le contrôle du monde. Il n'arrivait même pas à ouvrir ses boîtes de pâtée tout seul, alors !

Gotham le tira de ses pensées en gémissant :

— Euh... Salem, il faut qu'on sorte d'ici parce que j'ai besoin d'un lampadaire pour... euh... tu vois ce que je veux dire.

Il se balançait d'une patte sur l'autre, l'air gêné.

— Mon odorat est anesthésié par la puanteur que tu dégages. Mais si tu sais te servir de ce gros machin mouillé qui te sert de truffe, tu peux peut-être trouver le RITM. Comme ça, on pourra partir ailleurs.

— Oh, oui, ce serait bien, ce serait trop bien ! s'exclama Gotham. Mais, au fait, c'est quoi, ce RITM ?

— C'est pas vrai, tu n'as jamais lu ton manuel de magie ou quoi ? Dans le chapitre sur les moyens de transports magiques, on explique que le RITM ou Réseau Interne de Transport Magique est un réseau souterrain qui relie toutes les régions de l'Autre Royaume. On peut aller où on veut en quelques secondes.

Gotham fit un grand sourire, découvrant son immense langue rose.

— J'ai rien compris.

Salem se frotta le museau avec la patte et recommença :

— C'est un peu comme le métro chez les mortels, tu vois.

— Tu sais, je suis un chien maintenant, alors je ne vois pas grand-chose, avec tous ces poils dans les yeux...

— Tu as raison, maintenant tu dois faire confiance à ta truffe. Et justement, on peut repérer le RITM au flair.

Le chien se mit à battre de la queue.

— Ah, je préfère ! Alors ça sent quoi ?

Salem fronça le nez rien que d'y penser.

— Hum... c'est un concentré de toutes les odeurs possibles, toutes en même temps !

— Je ne sais pas si ça sent très bon...

— Tu l'as dit, tu imagines toutes les odeurs du monde mélangées !

— Oooooh ! Mais quelle horreur !

— Bravo, tu as tout compris. Mets ton flair en marche et cherche la puanteur la plus abominable qui existe. Quand tu l'auras trouvée, le RITM ne sera pas loin.

Le chien leva alors la truffe et se mit à renifler. Il plissa les yeux, l'air très concentré. Puis il s'éloigna, comme s'il suivait une piste invisible. Tout à coup, il s'arrêta net et se mit à gratter dans le vide comme un fou.

Intrigué, Salem s'approcha. Il reçut l'odeur de plein fouet, comme un coup de poing. C'était la puanteur la plus atroce qu'on puisse imaginer !

Retenant sa respiration, il hoqueta :

— Hou ! Oui..., ça doit être ça.

Gotham, lui, n'avait absolument pas l'air gêné.

— Tu as vu ? Je l'ai trouvée du premier coup ! Bon, qu'est-ce qu'on fait maintenant ?

Salem pressa une patte contre son museau.

— Parfois, en louchant, on peut apercevoir le RITM.

Le chien essaya aussitôt et battit de la queue.

— Oh, oui ! Oui ! On dirait un immense conduit d'égout. Ou alors un trou creusé par un ver de terre géant.

— C'est bon, c'est bon, on a compris. Bon, écoute. Il y a des sortes de navettes qui passent régulièrement sur le Réseau. De l'extérieur, on ne les voit pas, on sent juste une vibration. Mais quand on est à l'intérieur, c'est comme un wagon de métro transparent. Comme on n'a pas les horaires des trains, on va devoir sauter dedans dès qu'on en sentira passer un, OK ?

Gotham regarda ses pattes d'un air surpris.

— Waouh ! Je crois qu'il y en a un qui vient juste de passer ! J'ai senti comme des fourmis dans mes pattes.

— Dans quelle direction allait-il ? De gauche à droite ou de droite à gauche ?

— Euh... Plutôt de ma queue vers ma patte avant.

— Alors quand tu sentiras le prochain arriver, cours ! Tu vas avoir l'impression de décoller et là, il faudra t'asseoir et ne plus bouger.

Gotham hocha la tête.

— Oh, oh ! Je le sens ! Il arrive, il arrive, il arrive ! La vibration se rapproche.

Salem se tapit au sol, prêt à bondir.

— Il arrive, oui, le voilà ! Hop !

Le chien sauta et Salem le suivit. Maintenant, le chat sentait aussi la vibration sous ses pattes. Il avait l'impression d'être porté par une immense vague invisible.

Au milieu du vide, il aperçut un point, au loin, comme dans un tunnel. Puis soudain, il eut l'impression d'atterrir sur une sorte de plate-forme immobile. Ça y est, ils étaient à bord d'une navette du réseau intérieur de transport magique !

— Assis, Gotham ! Assis ! ordonna-t-il.

Comme un gentil toutou, Gotham obéit.

Deux fauteuils apparurent sous les deux voyageurs. Les paysages défilaient devant leurs yeux à une vitesse incroyable. Ils traversèrent une forêt, un désert, puis en un clin d'œil se retrouvèrent sous la mer avant de survoler des cimes enneigées.

Pris de vertige, Salem se frotta les yeux d'un revers de patte. Gotham, lui, n'avait pas l'air gêné par cette avalanche d'images.

— Surtout, préviens-moi si tu repères un endroit que tu connais.

— Waouh, c'est génial ! J'adore ! répétait le chien, fou de joie. On voit tout : la montagne, la mer et... Oh ! Il y a un grand truc blanc qui se dirige droit sur nous !

Salem dressa les moustaches.

— Quoi ? !

— Oui, on va rentrer dedans.

Et soudain, tout devint blanc autour d'eux.

## 5

### TOP SECRET
### Notes de Sacha Noir
### Affaire de la Godasse
### disparue

Je suis Sacha Noir, détective privé. Ceci est mon journal de bord. Je traque l'ennemi dans les bas-fonds de la ville. Je chasse les rats, les chats, les chiens — tous les anciens humains changés en animaux.

Tout a commencé quand l'alarme s'est déclenchée au sous-sol, là où Drell stocke ses trésors. On raconte que cet endroit est miné de pièges, de sortilèges contre les voleurs et de cafards. Eh bien, c'est faux. Il n'y a que des cafards. Drell est tellement radin que je dois assurer sa sécurité tout seul. Une vie de chien, mais elle me convient.

Avant de quitter mon bureau, j'ai rempli ma poche droite d'araignées magiques — des Kamikaze calibre vingt-cinq. C'est le dernier cri en technologie d'immobilisation. Chaque araignée peut déployer une toile de vingt-cinq mètres carrés en six secondes quatre centièmes. Bien plus pratique que les anciens filets qu'on devait lancer à la main.

Dans ma poche gauche, j'ai pris une réserve de biscuits pour chien — mes préférés, ceux en forme d'os.

Avec un peu de chance, j'arriverais à coincer le voleur avant qu'il ressorte de chez Drell. Mais, de toute façon, je ne m'inquiétais pas. Le sortilège de métamorphose que Drell avait installé changerait automatiquement l'intrus en chien même s'il s'échappait. Et avec mon flair, je n'aurais aucun mal à le retrouver.

Lorsque je suis arrivé sur les lieux du crime, le malfaiteur s'était déjà enfui. Mais j'ai tout de suite reconnu l'odeur d'un malfrat complètement nul nommé Gotham. Que pouvait-il bien chercher chez Drell ?

J'ai trouvé la réponse lorsque j'ai fait l'inventaire du trésor. J'ai découvert que la pièce manquante était la fameuse Godasse qui rendait son propriétaire tout-puissant.

Or je savais que Gotham avait déjà trempé dans un plan de conquête du monde, orchestré par un certain Salem Saberhagen. Drell avait condamné Saberhagen à passer un siècle dans la peau d'un chat, sous la garde des sœurs Spellman. J'ai donc cherché leur adresse et, une seconde plus tard, je débarquais chez elles pour mener mon enquête.

Le portail des Spellman sur l'Autre Royaume était dissimulé dans un placard à linge. J'ai découvert des piles de draps et de serviettes bien alignées, mais ça sentait trop la lessive pour que je puisse distinguer l'odeur de Gotham. J'ai frappé à la porte.

Elle m'a ouvert. On aurait dit un ange. Elle portait une grande robe bleue avec des étoiles blanches. Elle avait l'air un peu endormi mais elle était quand même superbe.

Le chat était là, toujours aussi prétentieux. Il a nié avoir eu tout contact avec le suspect. J'ai été obligé de le croire, mais je n'étais pas convaincu. Il n'avait pas véritablement d'alibi.

Avant de m'en aller, j'ai laissé ma carte de visite à l'ange. Je lui ai dit de m'appeler au cas où elle se souviendrait d'un détail qui pourrait m'aider.

Et je suis reparti.

J'étais sur une piste.

# 6

# Noyés dans la paperasse

Gotham et Salem étaient entrés dans des nuages blancs. Soudain, ils s'écartèrent... Quelle horreur ! Ils perdaient de l'altitude, le sol se rapprochait à toute allure, ils allaient bientôt s'écraser !

Comme tous les chats, Salem retomba sur ses pattes et... atterrit sur une énorme montagne d'ordures.

Comme tous les chiens, Gotham pédala comme un fou dans le vide et atterrit sur Salem !

Ils dévalèrent le gros tas sur lequel ils étaient tombés, déclenchant une avalanche de déchets de toutes sortes.

Heureusement, ce n'était pas de vraies

poubelles pleines de peaux de bananes pourries ou de boîtes de conserve vides, il n'y avait que des morceaux de papier : des lettres, des feuilles de calendrier, des cartes postales...

Salem émergea de cet océan de papier en crachant un nuage de confettis.

— Pouah ! Gotham ! Gotham ? Où es-tu ?

Une petite colline de paperasse explosa sous ses yeux.

— Coucou ! Je suis là ! s'exclama le chien de berger. Oh, c'est trop drôle ! Je savais que j'allais bien m'amuser avec toi, Salem ! On recommence ?

— Même si on voulait, on ne pourrait pas, râla le chat. On est arrivés au fin fond du réseau. On a dû se tromper quelque part. Tout ce qui se perd sur le RITM finit ici. Tout ce qui est cassé, les rendez-vous ratés, les projets qui tombent à l'eau atterrissent dans cet endroit.

Au milieu des morceaux de papier, un gros classeur attira l'œil de Salem. Il contenait une série de cartes et de schémas que le chat reconnut immédiatement.

— Mes plans ! s'exclama-t-il. Tous mes merveilleux plans ! Mon grand projet pour devenir le Maître du monde.

Gotham s'approcha pour renifler le classeur.

— Humm ! Ça sent la pizza !

Salem soupira.

— La pizza, c'est tout ce que ça te rappelle, hein ? Laisse tomber, ce n'est plus que de la vieille paperasse sans intérêt. Tous mes rêves se sont envolés !

Mais Gotham ne l'écoutait plus, il s'amusait à plonger et à ressortir de cet océan de papier comme une baleine. Puis il s'ébrouait en envoyant des confettis un peu partout.

Salem leva le nez de son classeur et attrapa au vol une enveloppe épaisse. À l'intérieur, il découvrit une carte argentée qui indiquait : « Meilleurs vœux de bonheur pour vos cinq cents ans de mariage ! » Mais il y avait surtout deux billets orange vif.

— Gotham ! On est sauvés ! J'ai trouvé des tickets inutilisés qui nous conduiront à Poughkeepsie, l'endroit rêvé pour un voyage en amoureux, paraît-il. Bon, maintenant, il faut qu'on retrouve le RITM.

Le chien se mit à tourner autour de Salem en battant de la queue comme un chiot surexcité.

— Pas de problème, Salem. Avec mon super-flair, je vais te conduire droit à ce truc qui sent mauvais.

Il tendit le museau en l'air et annonça :

— C'est par là. Derrière cette colline.

Cette fois, le chat était presque impressionné.

— Waouh ! Quel nez ! Allez, en route. On va se payer un voyage grand luxe, ce sont des billets de première classe.

Salem prit les tickets dans sa gueule.

— Fas-y ! Che te chuis !

Gotham contourna la montagne de paperasse avec Salem sur ses talons. Arrivés de l'autre côté, ils se figèrent sur place : quelle puanteur ! Pas de doute, ils avaient retrouvé le RITM.

Incommodé par l'odeur, Salem se mit à tousser et recracha les billets.

— Bon, ces tickets fonctionnent avec un code personnel de réservation qu'on doit dire tous les deux ensemble. Voyons, il est inscrit ici...

— « Je te suivrai jusqu'au bout du monde ! » s'exclama Gotham.

Il ne plaisantait pas, c'était bien ce qui était écrit sur le billet.

Salem fit la grimace.

— Bon, heureusement qu'il suffit de le dire ! On n'est pas obligés de le penser !

Il posa sa patte droite sur l'un des billets. Gotham l'imita puis ils déclarèrent en chœur :

— Je te suivrai jusqu'au bout du monde.

Une porte argentée apparut juste devant eux. Elle s'ouvrit avec une petite musique. Dès qu'ils eurent passé le seuil, elle se referma derrière eux.

Grâce à leurs billets de première classe, Gotham et Salem se retrouvèrent dans une cabine spacieuse et luxueuse. Rien à voir avec leur dernier voyage dans le RITM !

Dès qu'ils furent assis sur les moelleux fauteuils de velours, ils sentirent qu'ils démarraient. Gotham entrouvrit une fenêtre avec le bout de son museau.

— Ah ! C'est trop fort ! J'adooore !

Cette fois-ci, ils avançaient beaucoup plus lentement, ce qui leur laissait le temps de bien profiter du paysage : des collines vertes, de petites fermes, des champs, des prés, des moutons, des vaches...

Salem commençait à s'ennuyer.

— Quelle idée de prendre des billets de première classe pour traverser ce genre d'endroit ! Il n'y a rien à voir !

Gotham n'avait pas l'air du même avis. Museau au vent, il regardait le paysage en battant de la queue.

Au bout de la six cent trente-septième ferme, Salem n'en pouvait plus et il décida de faire un petit somme.

Il se réveilla en sursaut lorsque le fauteuil où il dormait disparut brutalement. En fait, la navette du RITM s'était évaporée dans les airs !

# 7

# Sabrina mène l'enquête

Sabrina feuilletait d'un air absent l'encyclopédie posée devant elle en tapant nerveusement du pied.

— Chuuut, mademoiselle Spellman ! gronda la bibliothécaire.

— Qu'est-ce que tu as, aujourd'hui, Sabrina ? lui demanda son amie Valérie.

— Je m'inquiète pour mon chat. Il a disparu depuis hier soir !

— Oh, tu as de la chance ! D'avoir un petit animal, comme ça, je veux dire. Quand j'étais petite, je m'étais fabriqué un chat en carton. Je l'avais appelé Cartonou, c'est mignon, non ? Enfin, ce n'était pas aussi amusant qu'un vrai...

« Ça, c'est sûr ! » pensa Sabrina. Elle n'avait pas la tête à écouter les histoires de son amie.

— Excuse-moi, Val. Je vais chercher... euh... un livre. Je reviens.

Sabrina fila se cacher dans un recoin de la bibliothèque, derrière une immense étagère.

Elle était vraiment préoccupée. Salem avait manqué le dîner et le petit déjeuner, lui qui ne sautait jamais un repas ! Il devait lui être arrivé quelque chose... Mais quoi ? C'était étrange, il ne lui avait même pas laissé de message.

En soupirant, Sabrina enfonça les mains dans les poches de son sweat à capuche. Tiens, la carte de visite du détective ! Elle ne se rappelait pas l'avoir mise là ce matin, pourtant.

Elle fit tourner le morceau de carton entre ses doigts et soudain... dans une pluie d'étincelles, la photo de Sacha Noir s'anima.

— Désolé, la secrétaire est partie en vacances sur la Lune. Que puis-je faire pour vous ?

— Oh, c'est vous ! s'exclama Sabrina, surprise.

— À votre avis, c'est qui sur la photo, ma petite ?

— Bien sûr, mais... qu'est-ce que vous faites exactement ?

— Je suis un chasseur, un fin limier, un as de la traque...

— Vous retrouvez les objets perdus, c'est ça ?

— Pas les « objets », bibiche.

Il baissa la voix et ajouta sur un ton confidentiel :

— Ma spécialité, c'est les animaux.

— Super ! Vous allez pouvoir m'aider, alors. Mon chat a disparu hier. Il est tout noir et il s'appelle...

— ... Salem Saberhagen, je sais. Je suis déjà sur sa trace. Mais quand je le trouverai, je le remettrai à Drell, pas à vous. Désolé, chérie, j'obéis à mon maître.

En quelques mots, il lui résuma l'affaire de la Godasse disparue puis lui raconta comment le chat et le chien s'étaient enfuis de chez les sœurs Spellman la veille.

— Ah, tout s'explique. C'était donc ça,

les toiles d'araignée partout ! s'exclama Sabrina. Mais, dites-moi, monsieur Noir...

— Appelez-moi Sacha.

— D'accord. Vous l'avez dit vous-même : ce fameux Gotham a volé la chaussure tout seul, sans l'aide de Salem.

— C'est *la* Godasse, pas une vulgaire chaussure !

— Salem a changé, je vous assure, insista Sabrina. Il a laissé tomber tous ses plans de conquêtes, maintenant, il ne rêve que d'une chose : regarder la télé installé dans un fauteuil moelleux. Et puis, je vous paierai...

— Ce n'est pas une question d'argent. Mais vous êtes mignonne, alors je vous enverrai une copie de mon rapport quand l'affaire sera close.

Sabrina dévisagea le détective sur sa petite carte de visite.

— Mais vous n'avez pas encore de piste, hein ? lança-t-elle, désespérée. Je pourrai peut-être vous aider...

— Sabrina ! Qu'est-ce que tu fabriques ? C'était Valérie qui arrivait derrière elle.

— Tu t'es cachée ou quoi ?

Sabrina se tut immédiatement et la photo

se figea. La carte avait repris un aspect tout à fait banal. La jeune sorcière la fourra précipitamment dans sa poche.

— Tu parlais à quelqu'un ? demanda Valérie. J'ai entendu des voix.

— Non, non, je prenais des notes avec mon dictaphone ultra-plat. Bon, désolée, mais je dois y aller. Je vais aller travailler à la maison, c'est plus calme, affirma Sabrina.

Et elle fila avant que son amie ait eu le temps de répondre quoi que ce soit. Valérie la regarda s'éloigner en répétant :

— Un dictaphone ultra-plat... Eh bien, mademoiselle ne se refuse rien !

Dès qu'elle fut hors du champ de vision de son amie, en pointant l'index, Sabrina se téléporta dans sa chambre. Elle se précipita aussitôt sur son épais manuel de sorcellerie, *À la Découverte de la magie*, pour chercher la rubrique « Transports magiques » dans la table des matières. À la page indiquée, elle découvrit une publicité pour Portico, la compagnie des portails magiques. Au centre de l'illustration, un portail antique en marbre se détachait en trois dimensions. Tandis que Sabrina le fixait, il se mit à grandir, grandir... ou alors c'était elle qui rétrécissait. Impossible à dire. En tout cas, quelques secondes plus tard, elle se retrouva devant une immense porte, encadrée de colonnes de marbre. Elle entra dans un grand hall décoré comme les palais de la Grèce antique. Le sol était recouvert de mosaïques représentant différentes destinations touristiques de l'Autre Royaume : le palace des Contes de fées, l'hôtel sous-marin de Némo, l'auberge *Au coin du feu*, située au cœur d'un volcan, et ainsi de suite...

Au centre de la pièce se trouvait une statue qui ressemblait à la Vénus de Milo, mais avec des bras, entourée de fauteuils, moitié divans, moitié lits. Quand Sabrina s'approcha, la statue tourna la tête vers elle et lui sourit. Ses lèvres de pierre s'entrouvrirent :

— Bienvenue chez Portico, la compagnie des portails magiques, l'agence de voyages de l'Autre Royaume. Avec Portico, l'univers est à votre porte. Veuillez vous asseoir pour patienter jusqu'à ce qu'une de nos hôtesses puisse vous recevoir, s'il vous plaît. Nous vous informons que votre conversation peut être enregistrée afin d'améliorer la qualité de nos services. Il est donc conseillé de dire du bien de notre très cher Drell.

Son petit discours terminé, la statue se figea de nouveau.

Sabrina s'assit sur l'un des fauteuils et, presque aussitôt, un rideau d'étincelles dorées apparut devant elle. Il s'écarta pour découvrir une très belle femme aux longs cheveux bruns, vêtue d'une toge.

— Bienvenue chez Portico. Je m'appelle Calliope. Que puis-je pour vous ?

Sabrina ne savait pas par où commencer. Elle voulait savoir comment retrouver la trace de Salem, mais sans attirer l'attention de Drell.

— J'aimerais comprendre la façon dont fonctionnent les portails, commença-t-elle.

Le visage de Calliope se ferma.

— Je suis désolée, cette information est classée top secret. Autre chose ?

La gorge de Sabrina se serra. Elle devait absolument retrouver Salem, sinon Drell allait bientôt avoir une nouvelle descente de lit en peau de chat ! Il fallait essayer une autre technique.

— Mais... euh... il faut que je fasse un dossier sur les portails pour mon diplôme de sorcière, mentit Sabrina. Le mécanisme général, comment les portails transportent les gens, comment retracer le parcours d'un voyageur, ce genre de choses.

Calliope était devenue carrément glaciale.

— Impossible, ces informations sont strictement confidentielles. On ne peut rechercher la trace d'un voyageur sans l'autorisation du Conseil des sorcières ou de Drell lui-même. Désolée de ne pouvoir vous aider, mademoiselle. Au revoir.

Et, l'air profondément choqué par la curiosité de la jeune sorcière, Calliope écarta son rideau doré.

Sabrina joua son va-tout. Elle était vraiment désespérée !

— Attendez, il faut que vous m'aidiez ! Mon chat a disparu. Je crois qu'il est passé par notre placard à linge et qu'il s'est perdu dans l'Autre royaume. Je ne sais pas quoi faire, je ne suis qu'une sorcière débutante !

Brusquement radoucie, Calliope s'écria :

— Oh, pauvre petit minou ! Il fallait me le dire tout de suite ! Je n'ai jamais eu de chat mais, quand j'étais petite, j'avais apprivoisé des gargouilles. C'est tellement mignon ! Enfin, bref, jamais je ne refuserai de donner un coup de main à une jeune sorcière qui apprend le métier. Que voudrais-tu savoir, mon cœur ?

— Comment le portail déplace-t-il les gens d'un endroit à un autre ? Et surtout comment sait-il où on veut aller ?

— Eh bien, notre lecteur de pensées procède à une analyse complète de l'esprit de l'individu pour déterminer où il souhaite aller. C'est un système fiable à quatre-vingt-dix-neuf pour cent. Cette année, nous n'avons eu aucune erreur, à part ce petit incident sur Pluton. Le voyageur est congelé, mais il est toujours en vie. Techniquement parlant.

— Et peut-on retracer le parcours de quelqu'un qui a voyagé par vos portails ?

— Nous gardons trace de tous les voyages récents grâce à notre Arbre du trafic qui note tous les déplacements. Les archives plus anciennes ne sont accessibles que sur autorisation spéciale.

Calliope sortit un rouleau de parchemin d'un des plis de sa toge.

— Je vois que vous disposez d'un placard à linge modèle luxe, reprit-elle. Seriez-vous intéressée par l'un de nos modèles plus récents ? Ils sont équipés de la nouvelle technologie de transport...

Mais Sabrina ressortait déjà de l'illustration de son manuel de magie. Elle avait les renseignements qu'elle voulait, il ne restait plus qu'à mettre son plan à exécution...

# 8

# Un deuxième Salem !

Sabrina s'assit sur son lit et tourna la carte de visite de Sacha Noir trois fois entre ses doigts. L'image s'anima. Le détective regarda la sorcière et aboya :

— Encore vous ?

— Vous avez trouvé la piste de Salem ? répliqua Sabrina sur un ton aussi peu aimable.

En guise de réponse, il se contenta de grogner. Visiblement, il n'avait pas avancé dans son enquête.

— Eh bien, moi, je sais comment le retrouver.

— Pas mal, poupée ! siffla le détective, épaté. Quand cette affaire sera réglée, je demanderai à Drell de vous envoyer un petit quelque chose pour vous remercier du coup de patte.

— Ouh là, pas si vite ! protesta Sabrina. Je préfère avoir ma récompense tout de suite, si vous permettez. Deux choses : d'abord, je voudrais vous accompagner pour rechercher mon chat ; et ensuite, promettez-moi de me laisser prouver son innocence avant de le livrer à Drell.

Sous son chapeau de feutre, le détective lui sourit.

— Bien essayé, poulette, mais ça ne marche pas. Je suis du genre loup solitaire, moi. Quand je marche dans une rue, je n'entends que l'écho de mes propres pas. La solitude est ma seule amie. Et, en plus, je suis un professionnel. Ce n'est pas un jeu, ma petite.

— Je n'y crois pas ! explosa Sabrina. Il dit ça alors qu'il est sûrement lycéen !

Sacha eut l'air vexé.

— Pas du tout, j'ai trois ans !

— Trois ans ? !

Le détective devint rouge tomate.

— Euh... vingt et un, désolé. J'oublie

toujours qu'il faut multiplier par sept pour avoir l'âge humain.

Il haussa les épaules et bomba le torse.

— Mais je suis le meilleur détective de l'Autre royaume.

Son petit air supérieur agaçait prodigieusement Sabrina. Il lui faisait penser à Libby Chessler, son ennemie jurée, qui n'arrêtait pas de se vanter.

Elle décida de le taquiner un peu :

— Hum... je vois. Mais que se passerait-il si vous ne retrouviez pas la Godasse ?

Le visage du détective s'assombrit. Il rentra la tête dans le col de son imper, tout triste.

— Drell ne serait pas content. Et moi non plus ! Je n'ai jamais échoué...

L'air pensif, il glissa sa main dans sa poche. Il en tira un petit biscuit pour chien qu'il fourra dans sa bouche.

— ... Je ne pourrais plus jamais m'endormir tranquille si je laissais filer un voleur, ah ça non ! Je traquerais la bête jusqu'à ce que je n'en puisse plus.

Sabrina profita de l'occasion.

— Alors vous avez besoin de moi ! Vous

n'avez aucune idée de l'endroit où sont allés Salem et Gotham. Alors que moi, j'ai le moyen de le savoir. Et puis, de toute façon, je viens avec vous, que vous le vouliez ou non. Un point, c'est tout.

Sacha faillit s'étouffer avec son biscuit.

— Je n'ai pas le choix, alors...

— Vous avez tout compris ! Allez, on y va.

Le détective claqua trois fois des doigts. Tandis que son image se figeait sur la carte de visite, il apparut en chair et en os dans la chambre de Sabrina.

Il renifla bruyamment.

— Jolie planque, dommage que ça sente le chat comme ça.

Sabrina fronça les sourcils.

— Je ne sens rien.

— Ah, les nez d'humains ! Ça ne sert à rien, à part à faire joli, et encore ! Moi, mon flair me dit si un chat est passé dans le coin dans les deux derniers mois et ce qu'il avait mangé pour le dîner !

Sabrina lui fourra un long poil de moustache sous le nez.

— Parfait, alors vous pouvez m'assurer que ceci appartient bien à Salem ?

Les narines du détective frémirent légèrement.

— Oui, pas de doute. Mon flair ne me trompe jamais.

La jeune sorcière se plongea alors dans son manuel de magie pour bien mémoriser la formule dont elle avait besoin.

Elle pointa l'index vers le poil de moustache en marmonnant une incantation. Celui-ci se changea en une pluie de paillettes multicolores. Elles se regroupèrent pour dessiner la silhouette d'un chat. L'image se précisa peu à peu et, un instant plus tard, une copie légèrement transparente de Salem flottait dans les airs... avant de retomber lourdement sur le sol.

Le sosie de Salem atterrit sur ses pattes, comme tout chat qui se respecte, et leva les yeux vers Sabrina comme l'aurait fait le vrai.

La jeune sorcière conduisit le détective et le chat au placard à linge. La porte s'ouvrit mais, à la place des piles de linge des Spellman, apparut un comptoir de marbre.

— Portico, bonjour. Que puis-je pour vous ? demanda une voix qui sortait d'un haut-parleur.

— Je souhaiterais consulter l'Arbre du trafic, s'il vous plaît, déclara Sabrina.

Une créature en forme d'arbre apparut aussitôt derrière le comptoir. Elle avait des épines de pin en guise de cheveux. Une petite branche au milieu du tronc avec deux ronds lui faisaient un nez et des yeux. Et une grande fissure horizontale dans l'écorce lui tenait lieu de bouche.

— Que désirez-vous ? demanda-t-elle d'une voix musicale.

Sabrina posa le sosie de Salem sur le comptoir de marbre.

— Calliope m'a dit que vous pourriez nous indiquer le dernier trajet qu'a parcouru ce voyageur.

— Bien sûr, c'est mon travail.

Un cercle de lumière apparut au-dessus de la tête du chat. Avec un étrange bourdonnement, il se mit à tourner, de plus en plus vite. L'Arbre des trajets parut réfléchir, il devait consulter ses fichiers.

— La dernière fois que ce voyageur a

emprunté nos portails, c'était pour aller Nulle part, annonça-t-il finalement. Le règlement vous permet de refaire son parcours une seule et unique fois.

La porte du placard à linge se referma lentement. Ils entendirent la voix de l'Arbre des trajets qui se perdait au loin :

— Merci d'avoir choisi Portico. Bon voyage.

— Nulle part ? Qu'est-ce que c'est que cette histoire ? s'écria Sabrina, ahurie.

En revanche, Sacha n'avait pas l'air surpris.

— Nulle part ! Ça, c'est une idée originale ! Bravo !

— Vous comprenez ce que ça veut dire ?

Mais le détective ne lui répondit pas, il continuait à murmurer :

— Très peu de gens peuvent arriver Nulle part. Cela demande une concentration exceptionnelle. Seuls les sorciers les plus expérimentés y arrivent. Et encore ! Après des années de travail. Mais ce chien y est arrivé du premier coup, il est fort ! Vraiment fort !

Il commença à échafauder un plan.

— Le seul moyen d'arriver Nulle part, c'est de prendre le RITM. Il n'y a qu'à sauter dans une navette et...

— Excusez-moi, mais vous pourriez m'expliquer ? Je n'y comprends rien, moi, à ce charabia ! protesta Sabrina.

— Prête pour l'aventure, poupée ? s'écria le détective, les yeux brillants d'excitation. On part en mission !

# 9

## La Marmite magique

**TOP SECRET
Notes de Sacha Noir
Affaire de la Godasse
disparue**

Nous — c'est la première fois que j'emploie le « nous » dans ce journal — nous avons enfin retrouvé la trace de nos deux suspects. Sans l'aide de l'ange, je n'y serais jamais parvenu.

Nous avons suivi leur piste jusqu'au bout du RITM. D'après les odeurs, le chat était resté assis dans un coin, mais le chien cherchait quelque chose. Il fallait que je trouve quoi.

*Et soudain, j'ai réalisé que...*

— Ouille !

Sabrina ramassa les deux morceaux de carton qui étaient tombés sur la tête du détective. En fait, toutes sortes de choses tombaient du ciel dans cette espèce de décharge publique de paperasse. Mais Sacha était bien trop occupé à parler dans son dictaphone pour le remarquer.

— Vous êtes sûr que c'est utile de tout raconter à ce machin ? lui demanda-t-elle.

Il éteignit rageusement son magnétophone.

— Écoutez, ma jolie, j'ai erré dans les plus bas-fonds de la ville. J'ai croisé les pires crapules que la Terre ait portées. J'ai...

— Et alors ?

— À l'école des détectives, on apprend à prendre des notes comme ça, c'est tout.

Sabrina ne voulait pas le vexer, ce n'était pas le moment.

— D'accord, d'accord, je comprends.

Elle jeta les deux rectangles de carton par-dessus son épaule, puis continua à fouiller dans cette corbeille à papier géante. Lorsqu'elle reçut une douche de confettis

66

sur la tête, elle décida de se changer. D'un coup d'index, elle fit apparaître un long imperméable noir qui ressemblait à celui du détective.

Tiens, tiens, elle venait d'apercevoir un grand classeur plein de schémas et de cartes...

Sabrina s'approcha pour l'examiner de plus près. Son cœur fit un bond dans sa poitrine.

— Sacha ! J'ai trouvé l'ancien plan de conquête du monde de Salem ! Ça prouve bien qu'il est innocent !

Le détective la rejoignit aussitôt.

— Je ne vois pas pourquoi.

— Eh bien, si Salem voulait avoir la Godasse pour réessayer de prendre le contrôle du monde, il aurait repris ses vieux plans. Donc, puisqu'il les a laissés là, il est innocent.

— Ça, je le savais déjà, poupée. Pour un détective amateur, vous êtes plutôt douée. Mais vous avez encore du boulot avant d'arriver à mon niveau, ma petite dame.

Et il lui tendit les deux morceaux de carton qu'elle avait jetés tout à l'heure.

— Vous avez laissé passer un indice de taille.

— Mmm... on dirait des places de concert. C'est pour aller voir qui ? Ouaf-Ouaf et les superchiens ?

Sacha secoua la tête.

— Ce sont des billets pour voyager sur le Réseau interne de transport magique en première classe. Et ils sont imprégnés de l'odeur de Salem et de son copain le chien. J'en déduis donc que c'était ce qu'il cherchait. Il est fort, ce chien. Très fort ! Mais tous les criminels finissent par commettre une erreur fatale, c'est bien connu. Leurs billets ont atterri ici, ça veut dire qu'ils se sont perdus. Ils n'ont jamais réussi à aller jusqu'à Poughkeepsie.

— Parfait, si vous avez une piste, on peut filer. Cet endroit me donne la chair de poule. En plus, je meurs de faim.

Le détective tira un biscuit pour chien de sa poche. Sabrina lui sourit mais refusa poliment :

— Non, merci. J'ai peur que ce ne soit pas indiqué pour les humains.

Sacha Noir fourra le petit os dans sa bouche en haussant les épaules. Puis il sortit une sorte de télécommande de sa poche.

— C'est un détecteur de réseau pour trouver où passe le RITM et pouvoir grimper dedans à n'importe quel moment. Il va nous permettre de retracer le trajet de nos suspects.

Au bout de quelques secondes, l'appareil se mit à clignoter.

— Navette à l'approche. Maintenant, sautez !

Sabrina obéit en bondissant dans le vide. Ils s'élevèrent dans les airs et atterrirent sur une sorte de plate-forme. Aussitôt, deux poignées apparurent au-dessus d'eux. Exactement comme dans un wagon de métro, sauf que, là, la navette était transparente et les poignées pendaient de nulle part. Dès qu'ils s'y agrippèrent, le RITM démarra. Sabrina avait l'impression d'être dans un grand manège. Juste au moment où elle commençait à s'habituer à cette drôle d'impression, il fallut descendre. Ils s'étaient arrêtés devant une auberge avec une grande terrasse ombragée. Sacha fila tout de suite à l'intérieur et se dirigea vers le bar. Sur le menu, Sabrina déchiffra le nom du restaurant : *La Marmite magique*.

— C'est le meilleur resto des deux royaumes, poupée.

Dès qu'ils s'assirent sur les hauts tabourets en bois, une tasse ébréchée apparut devant Sacha et Sabrina se retrouva devant un grand verre.

Elle y trempa les lèvres pour goûter.

— Mmm... qu'est-ce que c'est ? C'est délicieux.

— Bien sûr, c'est un milk-shake à l'ambroisie, importé droit de l'Olympe.

Une femme avec un tablier brodé au nom du restaurant s'approcha d'eux.

— Bonjour, bienvenue à *La Marmite magique*. Je m'appelle Judy, pour vous servir.

Le détective fronça les sourcils en regardant sa tasse.

— Vous n'avez pas de café ?

— Si, mais j'ai senti que vous aviez besoin d'un bon bouillon de lapin.

— Je me demande comment vous faites pour avoir encore des clients. Vous ne leur servez jamais ce qu'ils veulent.

— Nous leur apportons ce dont ils ont besoin, c'est encore mieux, répliqua la serveuse.

Elle se tourna pour examiner Sabrina d'un œil critique.

— Je crois que vous allez avoir un après-midi chargé, mademoiselle. Alors au lieu du hamburger auquel vous pensez, je vous conseille un Coup de fouet.

Une assiette remplie à ras bord apparut dans sa main.

— Un yaourt plein de morceaux de fruits, saupoudré de copeaux de chocolat noir. Ça devrait vous donner une bonne dose d'énergie, assura Judy avant de repartir dans la cuisine.

Sabrina goûta la mixture du bout des lèvres. Hum ! c'était tellement délicieux qu'elle continua avec appétit.

Au bout d'un moment, elle leva le nez de son assiette et remarqua que la tasse de Sacha Noir était toujours pleine.

— Vous n'aimez pas le bouillon de lapin ?

— Si, si, Judy avait raison, comme d'habitude. Mais elle m'a servi dans une tasse sans fond. Alors j'ai beau boire, on a toujours l'impression que je n'y ai pas touché. C'est fort comme tour, très fort...

Il contempla sa boisson d'un air admiratif avant de se replonger dans ses pensées.

Sabrina décida qu'il était temps de faire les présentations.

— Bon, je m'appelle Sabrina Spellman, je suis mi-sorcière mi-mortelle, et je suis en train de passer mon diplôme de sorcière.

Sacha Noir écarquilla les yeux.

— Hein ? Quoi ?

— Je me suis présentée, maintenant, à vous.

— Mais pourquoi ?

— Quand deux personnes se rencontrent, elles discutent ensemble. On appelle ça « faire connaissance », c'est un truc humain.

Le détective haussa les épaules.

— Je n'ai pas grand-chose d'intéressant à raconter. Je suis un croisé : mon père était un chien-loup et ma mère une sorcière. Malheureusement, elle nous a quittés peu après ma naissance. Mon père s'est occupé de moi du mieux qu'il pouvait. Il m'a tout appris.

Il m'emmenait à la chasse avec lui. Mais comme je pouvais changer de corps comme je voulais, homme ou animal, il a tenu à ce que je ne néglige pas ma part humaine. Du coup, j'ai été à l'école. Sauf que je vieillissais sept fois plus vite que les autres enfants. Je devais changer de classe tous les mois.

Il marqua une pause pour prendre une gorgée de bouillon de lapin.

— Et puis un jour, juste après mon premier anniversaire, alors que j'allais passer mon bac, la belle vie a pris fin. Alors qu'il chassait dans les montagnes, mon père a été emporté par un aigle géant. J'ai tout abandonné pour retrouver cet oiseau. J'ai fini par découvrir son nid et, en reprenant ma forme humaine, je l'ai piégé : je l'ai amené à Drell pour qu'il le juge. Il l'a condamné à passer un siècle dans la peau d'un perroquet, enfermé dans une volière. Comme mon talent de traqueur l'avait impressionné, Drell m'a proposé ce poste de chef de la sécurité. Mais il m'a demandé de choisir entre mon corps de chien-loup et celui d'humain. Alors voilà, maintenant je suis un homme et je ne peux plus rien y changer.

Sacha Noir reposa sa tasse avant de reprendre tristement :

— Ce n'est pas trop dur pour moi de garder le trésor de Drell. Je suis fait pour ce boulot. J'aime traquer les voleurs. Je me mets à leur place pour essayer de deviner où ils vont aller. C'est pour ça que ce chien, le pote de votre chat, m'intrigue. Tout le monde pense que ce n'est qu'un idiot. Mais pas moi. Et si c'était un génie ? Il aurait trouvé la couverture parfaite ! En tout cas, il m'a lancé un défi et je vais le relever.

Il se tourna pour regarder Sabrina dans les yeux.

— Bon, alors, marché conclu ? Vous pouvez essayer de prouver l'innocence de votre chat, mais vous me laissez le chien, d'accord ?

Il lui tendit la main. Elle la serra.

— Marché conclu, Sacha.

# 10

# La gourmandise
# est un vilain défaut

— Désolé, Salem, répéta Gotham pour la vingtième fois. Je ne sais pas ce qui m'a pris.

Le chat le toisa d'un air méprisant.

— Oui, franchement, je ne vois pas ce qui t'est passé par la tête. Me tirer d'un wagon luxueux et moelleux de première classe pour suivre un stupide papillon !

— Mais c'était plus fort que moi. Je n'ai pas pu lui résister. Ce doit être mon instinct de chien qui a pris le dessus. Il fallait que je lui coure après.

— Ton instinct de chien ? Mais tu n'es PAS un chien, Gotham. Tu es un bon à rien !

En sautant de la navette, tu as rompu le charme et nous voilà perdus au milieu de nulle part.

— Ah non ! protesta le chien. On n'est plus Nulle part.

— Parce que tu sais où on est, toi qui es si malin ?

— On est dans la campagne.

— Ça, je le vois bien, merci.

Salem battit de la queue d'un air agacé, puis il se mit à marcher d'un pas pressé. De toute façon, il n'y avait qu'une route, qui serpentait parmi les collines. Gotham le suivit en trottinant, sentant qu'il valait mieux se faire discret. Ils traversèrent des prés, des champs, de vastes étendues vertes, sans rencontrer âme qui vive.

Au bout d'un moment, la route s'arrêta brusquement à la lisière d'une forêt très étrange.

D'immenses arbres bloquaient l'horizon. Ils devaient bien mesurer dans les trente mètres. Leurs troncs ne commençaient qu'à cinq mètres du sol, car ils étaient perchés sur d'énormes racines toutes tordues. Comme s'ils se hissaient sur la pointe des pieds !

Il était impossible de pénétrer dans cette forêt sauf en un endroit où les racines se soulevaient pour former une sorte de passage couvert.

Comme ils n'avaient pas le choix, Gotham et Salem s'engagèrent sur le sentier.

Le chat noir ne cessait pas de ronchonner :

— Je t'ai déjà dit que j'en avais ras les moustaches ?

— Oui, une bonne centaine de fois. Moi, ça me plaît. J'adore voir de nouveaux paysages. J'étais sûr qu'avec toi j'allais vivre de nouvelles aventures ! C'est pour ça que je t'ai apporté la Godasse...

— Eh bien, merci. Je suis heureux de savoir que ça t'amuse de me gâcher la vie !

— ... Mais maintenant que j'ai découvert le RITM, je me dis que je pourrais passer ma vie à voyager dedans. C'est tellement...

— Bon, ça suffit, le délire ! le coupa Salem. Regarde, il y a une bifurcation. On va continuer sur la route principale, c'est là qu'il y a le plus de traces de pas.

Gotham s'arrêta pour renifler.

— Mmm... je crois qu'on ferait mieux de prendre ce petit chemin, Salem.

Salem redressa la tête d'un air hautain.

— Qu'est-ce que tu en sais, tu n'es qu'un chien ! Alors que moi, je suis un chat, le roi des animaux.

— Ah bon ? s'étonna Gotham. Je croyais que c'était le lion.

— Peu importe, c'est un félin, comme moi. Et moi, je dis qu'on doit continuer sur cette route.

Il avait l'air tellement sûr de lui que Gotham le suivit. Et il oublia aussitôt le petit sentier qu'il voulait prendre pour découvrir toutes les nouvelles choses qui bordaient le chemin.

Comme les racines leur cachaient le ciel, ils perdirent vite la notion du temps. Mais l'estomac de Salem avait une horloge intégrée. Il se mit à gargouiller. Le chat réalisa qu'il mourait de faim. Et, justement, ils arrivèrent devant une pancarte qui indiquait : « Pour manger, c'est par ici. »

— Ah, on a une de ces chances ! s'exclama Salem, l'eau à la bouche.

Et il s'engagea dans la direction du snack-bar.

Gotham hésitait.

— Je ne sais pas, Salem... J'ai l'impression qu'il y a un truc qui cloche.

Le chat éclata de rire.

— Mais non, on va pouvoir manger un bon petit casse-croûte. Chouette, non ?

— Je t'assure, c'est bizarre. Je le sens. Il y a comme une odeur de danger. Tu sais, les chiens ont une sorte de sixième sens... Moi, je crois qu'on devrait faire demi-tour.

— Je te rappelle que ça ne fait pas si longtemps que tu es un chien, Gotham. Et avant, tu n'étais pas bien malin ! On ne va pas discuter à chaque fois, non ? C'est moi qui décide, de toute façon. Et je sens qu'on va se régaler. En plus, si je n'ai pas mes cinq repas par jour, je suis de mauvaise humeur. Tu n'as sûrement pas envie de me voir de mauvaise humeur, pas vrai ?

Une odeur délicieuse arriva à leurs narines juste à ce moment-là. Abandonnant aussitôt leur discussion, Salem et Gotham se laissèrent guider par leur flair, en se léchant les babines.

Ils débouchèrent dans une clairière où était installé un petit snack-bar avec un grand comptoir et des tabourets.

Salem sauta sur le bar pour examiner ce qu'on lui proposait. Gotham se contenta d'y poser ses pattes avant. Il y avait tout un tas de matériel de cuisine, mais rien sur le feu. Pas le moindre serveur ni cuisinier en vue, juste un tableau noir où on lisait : « Vos désirs sont des ordres, y a qu'à demander. »

— Oh, c'est trop fort ! s'exclama Gotham. J'aimerais une grosse gamelle de chili con carne.

— Tu appelles ça un bon repas ! Même pour un chien, tu n'as aucun goût ! répliqua Salem. Moi, si je pouvais avoir tout ce que je veux, je demanderais une double portion de gratin de poisson ou un plateau de fruits de mer.

Aussitôt, le parfum qui s'élevait du snack-bar changea. Maintenant, au lieu de simplement sentir bon, ça sentait vraiment le chili et le poisson en train de cuire.

Deux grandes assiettes et un plateau apparurent sur le comptoir. Devant Gotham, c'était un bol plein de haricots et de viande fumants. Face à Salem, un gratin de pâtes au thon et un plateau débordant de coquillages et de poissons frais.

Le message du tableau noir avait changé. À présent, il disait : « Bon appétit ! »

— Miam ! s'écria Gotham. À table, les amis !

— Pas si vite, protesta Salem. Ça a l'air bon, mais je ne toucherai à rien avant de savoir combien je vais devoir payer.

Le tableau noir répondit alors : « Pas un sou. C'est un cadeau de l'Association des randonneurs affamés ! »

— Parfait, alors je suis pour, répondit Salem.

Il goûta prudemment le gratin.

— Mmm ! Bien grillé, juste comme je l'aime !

Gotham avait déjà vidé la moitié de son assiette quand il s'arrêta brusquement.

— Miam ! Mais j'adore quand c'est encore plus fort.

Il avait à peine fini sa phrase qu'une rangée de gigantesques bouteilles de sauce piquante apparut sur le comptoir. Il en prit une pour la vider dans son assiette, mais elle lui échappa et se renversa par terre.

Salem s'écarta vivement. Il aurait juré que le comptoir s'était aussi poussé pour éviter que la sauce lui tombe dessus. Maintenant, il ne bougeait plus.

« Je deviens dingue ! » songea-t-il.

Gotham, lui, était tout gêné.

— Oups, désolé ! J'avais oublié que je n'avais pas de mains. Pas pratique, ces grosses pattes.

Pendant un moment, on n'entendit plus que des bruits de mastication. Lorsque l'assiette de Gotham fut vide, elle se remplit à nouveau.

— Oh, génial ! Cette fois-ci, il y a même des spaghettis dedans. Trop fort !

Salem, lui, prenait le temps de déguster. Il allait et venait entre le gratin et le plateau de fruits de mer en savourant chaque bouchée.

Cependant, il n'était pas vraiment rassuré. Ce repas gratuit, c'était bizarre. Et puis, maintenant, il avait vraiment l'impression que le comptoir tanguait. Il leva la tête de son festin et scruta les alentours.

Quelque chose clochait.

La forêt semblait s'éloigner. Et, au contraire, les parois métalliques du snack-bar brillaient d'un étrange éclat argenté. L'ouverture du bar s'arrondissait, s'agrandissait. Les petites lampes qui pendaient au plafond s'allongeaient et se transformaient en canines aiguisées.

Le tableau noir qui occupait le fond du snack-bar s'était transformé en trou sans fin d'où s'échappait un bruit affreux. Aaaaaah ! Il fallait faire quelque chose. L'endroit tout entier s'était changé en gueule béante qui essayait d'ingurgiter ses clients !

La panique donna des ailes à Salem, il bondit vers Gotham, renversant au passage les bouteilles de sauce piquante qui tombèrent dans la gueule du snack-bar vorace.

— Vite, Gotham, il faut filer ! C'est un piège !

Brûlé par le piment extra-fort, le monstre se tordit de douleur. Il commença à fondre et à s'affaisser. Un gargouillis affreux s'échappa de son ventre.

Gotham saisit Salem dans sa gueule et il prit ses pattes à son cou. Il courut, courut, courut sans se retourner pour fuir aussi loin que possible de ce snack-bar de cauchemar.

# 11

## Le chien qui venait du futur

**TOP SECRET**
**Notes de Sacha Noir**
**Affaire de la Godasse disparue**


Je n'avais pas l'intention de raconter ma vie à cet ange. Mais elle est tellement... tellement...

Il faut que je me concentre de nouveau sur mon affaire. Je crois que c'est pour ça que les grands détectives travaillent seul, c'est le secret de la concentration.

Peu importe ce que Drell pense, je suis convaincu que le chien est le cerveau du complot et que le chat n'a rien à voir là-dedans.

Sabrina interrompit le détective en pleine dictée.

— Tout à fait d'accord. Il n'a rien à voir dans cette histoire, mais il faut quand même le retrouver, pas vrai ? Vous allez éteindre ce truc ? Sacha ! Sacha !

En sortant de La Marmite magique, nous avons repris le RITM. Je suis maintenant dans une navette en compagnie de l'ange. Grâce à mon flair, j'ai découvert l'endroit où les suspects ont quitté le réseau. Mais c'est une nouvelle énigme : pourquoi ont-ils choisi ce coin perdu de campagne ? Ce doit être l'endroit le moins civilisé de l'Autre royaume. Plus aucune sorcière ne vit dans le coin, elles ont depuis longtemps abandonné tous les animaux à leur sort pour profiter du confort de la ville. Je me sentirais nettement plus à l'aise dans cet environnement si j'étais encore une créature à quatre pattes, hélas...

— Aïe ! hurla soudain le détective.

Sabrina venait de lui donner un coup de coude.

— Vous pouvez quand même répondre quand je vous parle !

— J'en ai assez de parler. Les humains ne font que bavarder, papoter, jacasser, tout le temps. Si j'étais encore un chien...

— Vous allez passer toute votre vie à regretter de ne plus avoir de puces ou quoi ? Si vous étiez un chien, vous auriez probablement des chiots qui seraient toujours à aboyer après vous pour avoir à manger, pour jouer ou je-ne-sais-quoi. Vous croyez que c'est évident de découvrir qu'on est une sorcière à seize ans et de devoir apprendre toutes ces formules d'un coup ? Eh bien, c'est la vie. C'est ça, devenir adulte. Alors, cessez de vous plaindre.

Le détective cligna des yeux. Visiblement, il n'avait pas compris le petit discours de Sabrina.

— OK, soupira la jeune fille, je vais traduire en langage de détective. Dans le jeu de la vie, il faut se débrouiller avec les cartes qu'on a en main. Vous êtes un homme, maintenant, plus un chien. Il faut faire avec.

Imperturbable, Sacha rappuya sur le bouton de son dictaphone.

— Non, mais c'est pas vrai ! Vous allez lâcher ce machin et me parler à moi ! explosa Sabrina. Je suis un être humain ! Et vous allez m'expliquer où on en est.

Il lui tendit les billets de première classe du RITM.

— Ceci aurait dû emmener nos deux suspects à Poughkeepsie. Mais pour je ne sais quelle raison, ils ont quitté le réseau avant d'arriver à destination. C'est étrange, très étrange... Ils sont sortis par ici, en abandonnant leurs tickets.

— Donc, il faut qu'on essaye de retrouver leur trace dans cette campagne ?

— Oui, mais il y a un « hic ». Pour relier entre elles toutes les régions de l'autre Royaume instantanément, le RITM est en léger décalage temporel avec la réalité. Alors si nous descendons ici, il se peut que nous arrivions avant Gotham et Salem.

— *Quoi ?*

— C'est trop compliqué à expliquer.

Mais le temps ne se déroule pas à la même vitesse à l'intérieur du RITM et à l'extérieur.

Soudain, Sabrina sentit le sol trembler sous ses pieds. Sacha tourna la tête pour essayer de localiser l'origine de la vibration. Tout devint flou et, au loin, ils virent un point qui se rapprochait à une vitesse stupéfiante.

— C'est le chien ! s'écria le détective.

En effet, c'était bien Gotham mais, bizarrement, il était transparent. Il fonçait vers un but que lui seul pouvait voir. Il passa devant eux en coup de vent et disparut à l'horizon.

— Mince ! Sans ces maudits glissements temporels, j'aurais pu l'avoir ! bougonna Sacha. Mais il a une minute d'avance sur nous.

Sabrina écarquilla les yeux.

— Vous voulez dire que nous l'avons vu dans le *futur* ?

— Mmm... c'est à peu près ça. Ce chien maîtrise la technologie du RITM comme un chef ! Il peut aller où il veut et quand il veut. Il peut être n'importe où maintenant.

Le détective fixait d'un air admiratif le point où Gotham avait disparu.

— Hé ho ! Vous pourrez fonder un fan club de Gotham plus tard, répliqua Sabrina. Mais s'il vient de passer — ou s'il va passer — comment savoir où est Salem en ce moment ? Je vous rappelle que c'est lui que je veux sauver.

Avant que le détective ait eu le temps de répondre, le RITM se remit à trembler et le chien de berger apparut devant eux.

— Vous êtes en état d'arrestation pour vol d'objet magique, aboya Sacha Noir. Alors vous allez venir avec moi, le chien !

Gotham secoua la tête.

— Non, non, non, c'est vous qui allez venir avec moi. Un gros cochon a attrapé Salem, il lui a pris la Godasse ! Et il a d'énormes chiens méchants. Il faut que vous m'aidiez ! Il faut le sauver !

Sur ce, il fit volte-face et disparut en sautant hors de la navette.

— Vite ! Il faut le suivre ! s'écria Sabrina.

— Pas de panique , je vais le repérer grâce à mon détecteur de réseau.

Sacha sortit l'appareil de sa poche et

appuya sur quelques touches. Le détecteur se mit à clignoter.

— Ah... voilà, navette à l'approche !

Sabrina, qui commençait à avoir l'habitude, sauta avec lui dans l'autre train.

— Mais qu'est-ce que c'est que cette histoire de cochon et de gros chiens méchants ? demanda-t-elle.

— Ah ! Si seulement j'étais encore un chien-loup ! Je n'en aurais fait qu'une bouchée ! Je ne vois pas comment je pourrais vous aider, soupira Sacha.

— Laissez tomber. Salem est en danger. Vous le trouvez et, moi, je me débrouille pour le sauver. Après tout, je suis une sorcière, je ne vais pas me laisser impressionner !

# 12

# Prisonniers !

Pour une fois, Salem et Gotham étaient d'accord. Ils avaient bien mérité de se reposer un peu après avoir échappé à ce snack-bar carnivore. Grâce à son flair, le chien avait déniché un terrier vide caché au bord du chemin. Ils s'y blottirent, à bout de forces.

— Salem, tu m'as sauvé la vie, déclara solennellement le chien. Sans toi, j'aurais été avalé par ce monstre. Je ne sais pas comment te remercier...

— C'est bon, c'est bon. C'était un accident. Ce monstre, comme tu dis, était un Restoglouton. Ils s'installent au bord des routes et attirent leurs victimes en diffusant des odeurs alléchantes. Et hop ! ils les engloutissent.

— Mais tu ne comprends pas, Salem ! Ce qui est arrivé prouve que j'avais raison, tu m'aimes bien, finalement !

Salem soupira. Le chien de berger le regardait avec de grands yeux humides. « Qu'est-ce qu'il peut avoir l'air bête, ce gros nigaud ! » songea Salem. Et tout haut, il répondit :

— Ouais, bon... Pas la peine d'en faire toute une histoire, hein ? Si on s'accordait un petit somme ?

Le chat se pelotonna contre le ventre du chien. Il s'endormit en murmurant :

— Fais de beaux rêves, Gotham.


Salem se réveilla au milieu de l'après-midi quand les rayons du soleil pénétrèrent dans le terrier. Au début, il s'étira en ronronnant sous cette douce chaleur. Mais quand il ouvrit les yeux et découvrit la terre et les feuilles mortes au lieu de la couette moelleuse de Sabrina, sa bonne humeur s'envola d'un seul coup. Il enfonça ses griffes dans le ventre de Gotham.

— Ouille ! s'exclama le chien, réveillé en sursaut.

— Allez, debout, Sacapuce ! Il faut qu'on trouve comment rentrer chez nous. Avant que Drell ne nous trouve et nous réduise en bouillie.

Le chien sortit du terrier pour s'ébrouer, puis il se retourna vers son compagnon grognon.

— Mmm ! Ça réveille ! Tu viens, Salem ? Tu as raison, on y va.

Le chat s'extirpa de la cachette à contre-cœur. Il se mit à trottiner en ignorant Gotham qui le suivit au galop. Il zigzaguait d'un bord du chemin à l'autre, reniflant tout ce qu'il voyait.

Au bout de plusieurs heures de marche, ils réussirent à sortir de cette étrange forêt.

La pénombre des bois fit place à un soleil radieux. Ils étaient au sommet d'une colline. Le sentier descendait maintenant dans la vallée où était nichée une immense ferme. Une douzaine de bâtiments plus ou moins bien entretenus entouraient une grande maison. La ferme était cernée par un large canal.

— On dirait un château fort, remarqua Salem.

En effet, comme dans un château médiéval, il n'y avait qu'un seul moyen d'entrer dans la ferme : un pont de bois couvert qui enjambait le fossé. Et justement, leur sentier menait droit à ce pont.

— Waouh ! Elle est immense, cette ferme, remarqua Gotham. Comme il n'y a pas d'autres maisons dans le coin, il doit y avoir une station du RITM pas loin. Forcément. Personne ne voudrait vivre dans un endroit pareil.

Salem s'arrêta net.

— Dis donc, tu commences enfin à faire fonctionner ta cervelle, Gotham !

Gotham haussa ses épaules de chien de berger.

— Bah, je me suis juste mis à ta place, c'est tout.

— Ah, je vois, j'ai une bonne influence sur toi. Tu as pris de mon intelligence ! Alors explique-moi ton raisonnement, demanda Salem, flatté.

— Eh bien, je me suis dit que si tu vivais dans cette ferme, tu serais furieux : pas de télé câblée, pas moyen de commander une pizza... Tu râlerais tellement qu'on serait obligé d'ouvrir une station du RITM à côté pour que tu puisses aller en ville.

— Hum... je ne sais pas si je dois prendre ça comme un compliment.

Salem passa devant et descendit la colline. C'était vraiment très étrange : le pont couvert semblait bien entretenu, mais le plancher était plein de terre. On voyait des traces qui prouvaient que de nombreux moutons étaient passés par là sans s'essuyer les sabots avant d'entrer !

Ils pénétrèrent dans le sombre tunnel. Tandis que Salem essayait d'éviter de se salir les pattes, Gotham le suivait en trottinant sans se soucier des flaques de boue.

Le pont débouchait dans la cour de la ferme. Sur le côté, il y avait un petit poste de garde. Deux ratons laveurs perchés sur le comptoir examinaient attentivement les visiteurs, bloc-notes et crayon en main.

En voyant arriver Salem et Gotham, le raton laveur de gauche agita la main. Aussitôt, avec un grincement atroce, une herse de piquets de bois s'abattit derrière eux. Ils ne pouvaient plus repartir !

— Regarde, Frick ! s'écria le raton laveur, tout excité. On a de la visite !

— Bienvenue, les amis, enchaîna l'autre. Bienvenue dans le seul endroit de l'univers où les animaux sont vraiment libres !

Salem s'efforça de cacher son angoisse pour demander :

— Hum... excusez-moi, mais si nous sommes libres, à quoi sert cette grille ?

— Oh, une simple mesure de précaution. Il y a des créatures dangereuses qui rôdent dans les bois, vous savez, répondit Frick. Qu'est-ce que vous faites dans la vie ? demanda-t-il ensuite à Salem et à Gotham.

— Rien. Un animal de compagnie doit juste être décoratif.

Les deux ratons laveurs eurent l'air choqué.

— Vous n'avez pas de travail ! Mais alors qu'est-ce que vous faites de vos journées ?

— Je ne sais pas pour la carpette à pattes qui se trouve à côté de moi, dit Salem en désignant le chien de berger, mais moi, je passe mon temps à dormir, à manger autant que je peux et à essayer d'en faire le moins possible. Enfin, en ce moment, nous essayons de retrouver le RITM.

Frick consulta son collègue du regard.

— On a des ordres à propos du RITM, Frack ?

Les deux gardiens feuilletèrent fébrilement leur bloc-notes.

— Ah, j'y suis ! s'exclama Frack. Instruction n° 14326, point B : « Tout individu connaissant l'existence du RITM ou de tout autre objet magique ou acte de sorcellerie doit être immédiatement signalé au Grand Chef. » Prends leurs noms, Frick. J'irai en informer le Grand Chef.

Frick fronça les sourcils.

— Non, tu y as déjà été la dernière fois. Pourquoi c'est toujours toi qui fais le boulot le plus intéressant ?

— Tu as raison, reconnut Frack. Le Grand Chef a dit que nous devions tout partager. Bon, je sais : on va noter leurs noms tous les deux. Et après, j'irai signaler le chien et toi, le chat.

Frick hocha la tête.

— Parfait.

Frack se tourna vers Salem et Gotham.

— Vos noms, s'il vous plaît.

Salem, qui n'aimait pas le tour que prenaient les choses, ne souffla mot. Malheureusement, Gotham s'empressa de répondre :

— Je m'appelle Gotham et voici mon copain Salem. Nous sommes perdus.

Frick écarquilla les yeux.

— Salem ?

— Vous voulez dire Salem Saberhagen ? enchaîna Frack.

Le chat n'appréciait pas du tout ce soudain intérêt pour sa personne.

— Ouh là, il commence à se faire tard, fit-il en reculant. Il faut qu'on reprenne la route. Ravi de vous avoir connus, en tout cas, mais il faut vraiment qu'on y aille.

Les grondements féroces qui résonnèrent derrière lui le figèrent net. Il risqua un coup d'œil prudent par-dessus son épaule. Devant la grille étaient apparus deux molosses qui montraient les crocs.

— Je vous présente Mâchoires d'acier et Tronche en biais. Ce sont eux qui escortent nos très chers visiteurs, annonça Frick.

Salem se retourna vers lui avec un pauvre sourire.

— Finalement, je crois qu'on va rester un petit moment.

Frick lui rendit son sourire tandis que Frack hélait un corbeau qui passait dans le ciel. Le gros oiseau noir vint se poser à côté de lui. Le raton laveur lui chuchota quelque chose et, avec un affreux « croac ! », le corbeau s'envola à tire-d'aile vers le bâtiment principal de la ferme.

Frick fit signe à Salem et à Gotham d'avancer. Puis les deux ratons laveurs sautèrent sur le dos des chiens de garde. Ils escortèrent les visiteurs jusqu'à la cour.

Salem se hérissa en entendant la porte de la grande maison se refermer derrière eux avec un cliquetis sinistre.

# 13

# La brebis du jour

En sortant du RITM, Sabrina et Sacha grimpèrent sur une colline. En bas, dans la vallée, ils aperçurent une vaste ferme. (Une petite rivière avait été détournée pour former une sorte de canal qui encerclait le groupe de bâtiments. « Comme les douves d'un château fort », pensa Sabrina. Le seul moyen d'accéder à cette île artificielle était de passer un petit pont de bois couvert.)

Une volée de corbeaux décolla du toit de la plus grande maison. Ils partirent dans toutes les directions, deux par deux. Bizarre...

Le détective prit Sabrina par la manche pour l'attirer derrière un buisson.

— Je n'aime pas cet endroit. Mon flair me dit qu'il faut se méfier.

Pour Sabrina, cette ferme avait l'air tout à fait normale... sauf qu'il y avait vraiment beaucoup de chiens autour d'eux. Et Gotham leur avait dit que Salem était retenu prisonnier par des chiens. Et un cochon. Intriguée, Sabrina fit apparaître une paire de jumelles pour mieux voir.

Deux ratons laveurs, installés dans un petit kiosque au bout du pont couvert, supervisaient les opérations.

Sacha renifla, le nez en l'air, très concentré.

— C'est bizarre, d'après les odeurs que je détecte, vous êtes le seul être humain à avoir mis les pieds par ici depuis longtemps. Et pourtant cette ferme a l'air bien entretenue.

— En tout cas, elle est bien surveillée, remarqua Sabrina. Vous avez vu cette équipe de sécurité ?

En effet, des chiens de garde faisaient le tour du fossé à intervalles réguliers. Ils étaient toujours deux par deux : un lévrier élancé et un pit-bull massif.

— Un qui course, l'autre qui attaque,

expliqua le détective. Le lévrier est là pour attraper l'intrus et le pit-bull pour le maîtriser. Bon, vous avez un plan pour pénétrer dans cette forteresse ?

Sabrina écarquilla les yeux.

— Qui ? Moi ?

— Oui, on s'était mis d'accord : je m'occupais de retrouver la trace du chat et du chien et vous deviez les sauver. Alors voilà, à vous de jouer !

Sabrina se redressa pour examiner la ferme plus attentivement avec ses jumelles.

— Très bien, fit-elle, réfléchissant tout haut, pas moyen de se faufiler discrètement à l'intérieur. Je pourrais nous transporter dans la ferme d'un coup d'index mais comme je n'y ai jamais été, on risque d'atterrir dans un mur. Il faut que je tente un sort d'apparence... et je n'ai pas trop l'habitude.

Le détective la dévisagea, perplexe.

— C'est quoi, un truc de mode ?

— Non, un truc de sorcière. C'est un sort qui change l'image que les gens ont de vous. Quand ils vous regarderont, ils verront tous un chien. Et moi, j'aurai l'air d'un chat. Comme ça, on pourra entrer dans la ferme incognito. Je ne peux pas nous changer vraiment en animaux : je n'aurais plus d'index donc je ne pourrais plus jeter de sort ! Allez, c'est parti pour un chat et un chien !

— Une minute, poupée. Pas si vite.

— Quoi ?

— Ces petits toutous, là-bas, expliqua-t-il en montrant les molosses. À mon avis, ils vont adorer faire mumuse avec un chaton tout mignon.

Sabrina devait bien reconnaître qu'il avait raison.

— Vous avez une autre idée, Sherlock ?

— Bêêêê ! fit-il en imitant un mouton.

Elle allait ouvrir la bouche pour refuser, mais elle se ravisa. Il avait encore raison. Ça commençait à l'agacer !

— D'accord, je serai un mouton, mais vous, vous serez un chien très très laid !

Elle agita les bras dans les airs en murmurant une formule étrange. Quelques secondes plus tard, une brebis d'un blanc éclatant émergea de derrière le buisson, suivie par un chien qui ressemblait à ceux qui gardaient la ferme.

Le chien dévala la colline sans problème,

mais la brebis tremblait un peu sur ses pattes. Elle parut plus rassurée quand ils se mêlèrent au troupeau qui traversait le pont. Ainsi, ils passaient tout à fait inaperçus. Impossible de remarquer un chien et un mouton de plus dans tout ce bazar !

Un corbeau vint se poser sur le toit du poste de garde pour délivrer un message aux ratons laveurs.

— Attention ! Attention ! Le Grand Chef vient de donner de nouveaux ordres. Le Restoglouton est malade. Il n'y a plus personne pour bloquer la route. Plus personne ne rentre, plus personne ne sort. Tous les étrangers doivent être directement amenés devant le Grand Chef.

Puis, dans un bruissement d'ailes, il s'envola de nouveau pour porter son message aux autres sentinelles.

— Il se passe vraiment quelque chose de louche là-dedans et il va falloir découvrir quoi, glissa Sacha à l'oreille de Sabrina. Pouvez-vous jeter un sort de vérité à ces bestioles pour que je puisse leur poser quelques questions ?

— Non, je ne connais pas la formule.

Mais une fois, j'ai vu tante Hilda jeter un sort de commérage un jour où elle s'ennuyait chez le coiffeur. Je peux essayer.

Elle pointa l'index vers les ratons laveurs.

Aussitôt, celui de gauche se mit à rouspéter.

— Non, mais pour qui il se prend, ce corbeau ? On connaît notre métier, pas vrai, Frick ?

— Ouais, tu devrais faire un rapport sur lui.

— Tu n'as qu'à le faire toi-même. Moi, je suis occupé. Il faut bien que l'un de nous deux surveille cette entrée.

— Parce que, moi, je ne travaille pas, peut-être ? Je sais bien que maintenant que le Restoglouton ne retient plus les étrangers, il faut faire attention. Surtout en ce moment, avec l'opération spéciale que veut lancer le Grand Chef. Et toi, tu m'accuses de mal faire mon job ?

— Mais non ! Je dis juste que nous avons reçu des ordres. Il faut bloquer le passage !

Sabrina n'entendit pas la réplique de l'autre raton laveur car Sacha Noir lui chuchota :

— Ça ne sent pas bon, tout ça, on va droit vers les ennuis, mon flair me le dit.

— Tant pis, je suis là pour sauver Salem et je ne repartirai pas sans lui.

Le détective la regarda avec admiration :

— Voilà qui est parlé, Blondinette.

Leur conversation fut interrompue par l'arrivée de deux molosses.

— Mâchoires d'acier et Tronche en biais, au rapport, grogna le premier.

— Vous avez choisi le mouton du jour ? enchaîna l'autre. Où il est, le petit veinard ?

— Vous voulez celui qui produit le plus de lait ou celui qui a le plus beau poil ? demanda Frick. Ou alors le plus dodu ?

— Le plus propre fera l'affaire, répliqua Mâchoires d'acier. Je ne supporte pas l'odeur de ces bestioles.

— Mon pauvre petit, se moqua Tronche en biais, tu devrais demander ton transfert à la surveillance du poulailler. Mais peut-être que tu es allergique aux plumes ?

— Du calme, les cabots, sinon je vous dénonce au Grand Chef pour mauvais comportement, menaça Frack.

Il parcourut le troupeau du regard et désigna Sabrina.

— Prenez cette brebis-là, elle est blanche comme neige.

Les autres moutons la regardèrent avec envie. Ils se demandaient pourquoi elle avait été choisie et pas eux.

— C'est toujours les ratons laveurs qui ont les meilleurs jobs, grommela Mâchoires d'acier. Ils ont juste à pointer le doigt pour choisir un mouton. Alors que nous, on doit faire le sale boulot. Quelle vie de chien !

— Pas de problème, les gars. Moi, je vais l'emmener, proposa alors Sacha.

Quatre paires d'yeux se fixèrent sur lui.

— Qui c'est, celui-là ? demandèrent les chiens et les ratons laveurs d'une seule voix.

— Je m'appelle... Gnarr, inventa le détective. Je suis nouveau. On m'a embauché ce matin. Dites-moi où je dois l'emmener.

Tout le monde sembla enthousiasmé par cette solution, sauf Tronche en biais qui reniflait « Gnarr » d'un air soupçonneux.

— Escorte la brebis jusqu'à la grande maison. Surtout dis bien à Moustache qu'elle ne doit pas se salir avant le dîner, ordonna Frick.

Comme Tronche en biais n'arrêtait pas de le renifler, Sacha se dépêcha de filer en poussant Sabrina vers le bâtiment principal.

— Allez, bêlez, lui glissa-t-il. Vous êtes une brebis, je vous signale.

— Bêêêê ! se mit à brailler Sabrina. Bêêêê !

— Non, finalement, taisez-vous, ça vaut mieux.

Ils firent connaissance avec Moustache, un très vieux raton laveur grisonnant. Perché sur le perron de la maison, il inscrivit soigneusement sur son bloc-notes : « Brebis du jour : premier prix de propreté. »

Puis il siffla par-dessus son épaule.

— Hep ! Grognon ! Boudeur ! Venez chercher Miss Mouton, notre reine de beauté du jour !

Deux énormes chiens, encore plus gros que Mâchoires d'acier et Tronche en biais, accoururent. Ils poussèrent Sabrina vers l'intérieur de la maison.

— Où l'emmenez-vous ? demanda Sacha Noir.

— Ce ne sont pas tes oignons, le nouveau, répliqua Grognon.

Il consulta ensuite son bloc-notes.

— Le Grand Chef organise un banquet ce soir. Mettez-la dans la cellule B en attendant.

Grognon se tourna vers Sacha Noir en demandant :

— Tu as autre chose à dire, demi-portion ?

Comme le détective ne répondait pas, il ajouta :

— C'est bien ce que je pensais.

Puis les deux molosses conduisirent Sabrina à l'intérieur de la maison et le trio disparut.

# 14

# De catastrophe en catastrophe

**TOP SECRET**
**Notes de Sacha Noir**
**Affaire de la Godasse disparue**

Tandis qu'on emmenait Sabrina, j'ai imaginé différents plans. Mais je n'en ai retenu aucun : je ne voulais pas risquer la vie de l'ange.

Je me suis concentré. Personne dans cette ferme ne semblait se déplacer seul. Les chiens de garde, les ratons laveurs et même les corbeaux étaient deux par deux. Comme ça, chacun surveillait l'autre et rapportait tout au Grand Chef. Le problème, c'était que si je restais seul, j'allais me faire repérer tout de suite. Il fallait que je trouve un collègue, et vite.

Un lévrier nommé Vol au vent s'est porté volontaire pour me faire visiter la propriété en m'expliquant son fonctionnement. Plus j'en apprenais, plus je m'inquiétais de laisser Sabrina seule avec ce fameux Grand Chef. Apparemment, il avait un plan tout prêt au cas où une sorcière tomberait dans son filet.

Soudain, Vol au vent s'est arrêté net.

— Alerte. Quelqu'un arrive par le pont. Viens, on va se faufiler discrètement pour voir qui c'est.

J'ai acquiescé et je l'ai laissé passer devant. Heureusement, comme ça, il n'a pas vu ma tête quand j'ai découvert qui se tenait sur le pont : Salem et Gotham.

Maudit glissement temporel ! Mon détecteur de réseau m'avait amené au bon endroit mais pas au bon moment. Nous étions arrivés trop tôt !

Je me suis retenu de sauter sur

Gotham. Mais je ne pouvais pas l'arrêter maintenant !

Ah ! C'était un véritable casse-tête !


Sabrina n'était pas plus inquiète que ça d'être parquée dans une cellule car la porte n'était pas verrouillée. Elle pointa l'index pour dissoudre le sort d'apparence puis tourna la poignée de la porte.

Elle l'entrebâilla pour vérifier que personne n'arrivait dans le couloir avant de sortir de la cellule.

« Bon, maintenant, il faut que je trouve où Salem est retenu prisonnier », se dit-elle.

— Hé ! aboya quelqu'un derrière elle. Qui a laissé ce mouton s'échapper ?

« Quel mouton ? » se demanda Sabrina, perplexe.

Une petite patte noire agrippa un pan de son imperméable et la repoussa dans la cellule.

— Heureusement que je suis là, grommela le raton laveur. Bon, il faut que j'aille signaler cette négligence.

Sous le choc, la jeune sorcière se laissa

faire. Quand la porte se referma, elle découvrit avec horreur son reflet dans le battant en acier poli : c'était un petit mouton blanc comme neige qui la regardait avec des yeux ronds.

« Oh, mon Dieu ! Je n'ai pas réussi à rompre le sort d'apparence. J'ai dû le faire trop fort... »

Sa gorge se serra lorsqu'elle entendit qu'on posait un cadenas sur la porte de la cellule. Même si elle réussissait à s'échapper grâce à la magie, tout le monde la prendrait encore pour un mouton. Même Salem, si jamais elle le retrouvait.

« Eh bien, me voilà dans de beaux draps ! Ça ne pourrait pas être pire !... Oh, si ! réalisa-t-elle soudain. J'ai partagé le sort d'apparence entre Sacha Noir et moi. Si le mien dure si longtemps, ça veut dire que j'ai mis trop peu d'énergie dans le sien. Il risque de reprendre son apparence naturelle à n'importe quel moment ! »

# 15

# Salem superstar

Quand la porte se referma derrière lui avec un cliquetis sinistre, Salem repensa à toutes les situations délicates dont il avait réchappé. Bien sûr, à chaque fois, il avait vécu ces aventures périlleuses du fond de son fauteuil, confortablement installé devant la télé. Mais il espérait quand même trouver dans ses souvenirs une idée géniale pour se sortir de là.

Il survola la pièce du regard pour essayer de deviner le sort qu'on lui réservait. Pourtant cette pièce n'avait pas l'air d'une chambre de torture.

Elle était spacieuse, haute de plafond, avec d'immenses fenêtres fermées par d'épais rideaux de velours. D'un côté, il y avait une piscine chauffée, dans un coin, une montagne de serviettes de toilette moelleuses et un portemanteau d'où pendait une sorte de collier de chien en jean.

De l'autre, il y avait une imposante cheminée où bouillonnait un chaudron plein de pâtée. Devant, on avait dressé une table de banquet avec une belle nappe en lin et des bancs recouverts de coussins. Au lieu des couverts habituels, à la place d'honneur, on avait installé une grande mangeoire et, à côté, des écuelles plus petites.

Gotham traversa la pièce comme un fou pour aller laper goulûment l'eau de la piscine.

Soudain, dans une gerbe d'éclaboussures, un gros cochon gris émergea de l'eau comme une baleine. Gotham recula en poussant un jappement strident.

Le cochon grimpa sur la pile de serviettes et se roula dedans pour se sécher.

— Vous voulez piquer une tête ? Ça ouvre l'appétit.

Les portes s'ouvrirent alors brusquement.

Un raton laveur vint se jeter aux pieds du cochon.

— Je vous prie de m'excuser, Grand Chef. Je ne savais pas que vous étiez déjà là. On n'aurait jamais dû laisser ces étrangers pénétrer dans vos appartements.

— Du calme, Rapido. Je ne craignais rien, Panique et Terreur étaient ici, avec moi.

En entendant leur nom, les deux dobermans sortirent de derrière les rideaux de velours.

— Allez, approche, Rapido, reprit le cochon. Viens me faire beau pour recevoir mes invités.

Rapide comme l'éclair, le raton laveur grimpa sur le portemanteau et attrapa le collier en jean. Il redescendit et l'attacha autour du cou de son maître.

— Vous voilà fin prêt, Grand Chef.

Le cochon trottina alors en direction du coin salle à manger. Il se tourna vers Salem et Gotham pour les inviter à le suivre.

— Comment trouvez-vous notre domaine ? demanda-t-il. Ce sont des sorcières d'Hollywood qui l'ont fait construire. Elles voulaient une maison de campagne mais avec la technologie dernier cri : des carafes qui se remplissent toutes seules, des tasses sans fond, ce genre de choses...

Le cochon se hissa sur un banc devant la table de banquet. Rapido lui noua une serviette en soie sur le poitrail. Il fit asseoir Salem et Gotham à la droite du Grand Chef. Quand ils furent installés, le cochon enchaîna :

— Malheureusement pour les sorcières, leurs films n'ont pas eu de succès. Elles ont dû abandonner le domaine car elles n'avaient plus assez d'argent. Et tout le monde nous a oubliés, ici, les animaux de la ferme. Tant mieux, d'ailleurs ! Nous nous sommes rendu compte que nous n'avions pas besoin des humains pour survivre. J'ai pris la tête du groupe pour faire marcher la ferme. C'est merveilleux de pouvoir tout organiser... Mais vous devez le savoir si vous êtes vraiment Salem Saberhagen.

— Oui, oui, c'est moi. Sauf si vous êtes fâché après lui, dans ce cas, je ne le connais pas.

Le gros cochon se mit à rire.

— Et vous avez le sens de l'humour, en plus ! Pardonnez-moi, mais votre arrivée ici m'a vraiment surpris. Je suis désolé pour l'accueil un peu dur.

— Pas de problème, vous êtes excusé, qui que vous soyez, répondit Salem.

— Oh, mais quel idiot je fais ! Je ne me suis même pas présenté. Je suis Joe Poigne de fer, simple cochon, désigné à l'unanimité comme Grand Chef de cette communauté. Il fallait bien que quelqu'un s'y colle, hein ? Écoutez, Salem, je suis votre plus grand fan. J'ai suivi votre procès jour après jour sur Justice-TV.

— Oh, moi aussi, je suis un fan de Salem ! intervint Gotham.

Le cochon se tourna vers lui

— Ah bon ? Et qui êtes-vous donc, l'ami ?

Le chien de berger se redressa, battant de la queue.

— Je m'appelle Gotham. Je suis un ami de Salem. Je l'aide à retrouver son chemin sur le RITM pour qu'il puisse remettre la Godasse à sa place.

Il secoua la tête pour agiter la sandale qui pendait à son cou.

— On a un plan.

Sous l'effet de la surprise, Poigne de fer tomba littéralement du banc. Il écarquilla les yeux en murmurant :

— La Godasse... Un plan...

Il fixa Salem tandis que la pièce se remplissait de chiens de garde et de gros rats attirés par le bruit de sa chute.

Sans quitter le chat des yeux, Poigne de fer leva une patte en l'air pour les arrêter. À part deux corbeaux qui arrivaient à tire-d'aile, tout le monde se figea. Le cochon remonta sur le banc avant de demander :

— Vous savez comment activer le pouvoir de la Godasse ?

Il baissa la voix pour ajouter :

— Vous avez un nouveau plan pour prendre le contrôle du monde ?

Salem parcourut nerveusement la pièce du regard. Il était cerné par une armée d'animaux aux griffes aiguisées et aux canines pointues. Il fit marcher ses petites cellules grises à toute vitesse pour trouver une réponse. Il mit sa patte sur sa bouche et répondit dans un souffle :

— Chut !

Joe Poigne de fer lui adressa un clin d'œil.

— Compris. Voulez-vous partager mon dîner, mes amis ?

— Avec plaisir, répondit Salem.

— Parfait ! s'exclama le cochon en tapant deux coups sur sa mangeoire.

Toute une équipe de ratons laveurs se précipita vers la cheminée. Ils tirèrent des cordes et des chaînes pour faire sortir le chaudron du foyer. Puis, avec de grands bâtons, ils l'inclinèrent afin de verser la pâtée dans la mangeoire de Poigne de fer. Deux rats remplirent les écuelles de Salem et de Gotham.

Pendant qu'on servait le repas, une escorte fit entrer une brebis blanche comme neige dans la pièce. On l'installa à table à la gauche du cochon.

Le Grand Chef se redressa pour annoncer :

— Avant de commencer à manger, nous avons pour coutume de décerner un prix au mouton du jour.

Les ratons laveurs ouvrirent les rideaux. Dehors, les moutons se pressaient contre les vitres pour assister à la remise de prix.

Rapido s'approcha de la brebis et lui attacha un ruban bleu autour du cou en déclarant solennellement :

— J'ai l'honneur de remettre ce premier prix de propreté à notre mouton du jour.

Dès que les ratons laveurs eurent refermé les rideaux, le Grand Chef cria :

— À l'attaque !

Il plongea alors la tête dans sa mangeoire pour engloutir sa pâtée avec de gros « slurp ! ».

Salem goûta la bouillie du bout des lèvres (juste pour être poli) tandis que Gotham la lapait avec enthousiasme. En revanche, la brebis ne touchait pas à son écuelle. Au lieu de manger, elle fixait Salem avec des yeux ronds.

« J'ai l'impression de l'avoir déjà vue quelque part, cette brebis, se dit le chat. Mais où ? »

De toute façon, il y avait plus urgent. Grâce aux bavardages de Gotham, ils se retrouvaient dans un sacré pétrin !

C'est alors que Poigne de fer reprit la parole.

— Pour tout vous avouer, glissa-t-il à l'oreille de Salem, j'ai moi aussi le projet de conquérir le monde. Les humains ont trop longtemps dominé les créatures à quatre pattes. Grâce à moi, tout va changer. Quand je serai le Grand Chef de l'Autre Royaume, les animaux retrouveront leurs droits. J'ai réuni une armée secrète, j'ai prévu un plan de conquête... Et voilà que vous, mon idole, mon modèle, vous tombez du ciel ! ! ! Vous allez me montrer comment fonctionne la Godasse et je vais prendre le POUVOIR !

# 16

# Tout se précipite !

— Je ne sais pas comment elle fonctionne, répondit Salem d'une voix étranglée.

— Comment ça ? Alors pourquoi l'avez-vous volée ? demanda Poigne de fer, incrédule.

— Ce n'est pas moi, gémit Salem, mais lui ! fit-il en pointant la patte vers Gotham. Il voulait m'aider à repartir à la conquête du monde pour s'amuser, figurez-vous ! Mais c'est impossible, je ne peux pas activer le pouvoir de la Godasse. Aucun de nous n'en est capable.

Le cochon devint rouge de colère.

— Vous mentez ! La Godasse est le

talisman le plus puissant de Drell. Il y puise sa force.

Salem haussa les épaules.

— Je sais, mais ça ne marche que pour les sorciers. Pour les sorciers déchus et les animaux, cette godasse n'est qu'une vulgaire chaussure !

Le Grand Chef se mit alors à aboyer des ordres :

— Rapido, apporte-moi la Godasse. Terreur et Panique, occupez-vous du chien.

Les deux molosses sautèrent sur le banc pour prendre Gotham en sandwich. Ils découvrirent les dents en grognant. Le raton laveur n'eut aucun mal à détacher la sandale du cou du pauvre chien de berger. Il la tendit avec précaution à Poigne de fer.

Le cochon l'agita sous les yeux paniqués de Salem.

— Alors, le chat, dis-moi comment ça marche ! Sinon je te fais rôtir pour mon goûter...

Gotham se mit alors à crier :

— Oh ! Je suis désolé, Salem ! Mais ne t'en fais pas, je vais aller chercher de l'aide.

Les chiens de garde se rapprochèrent

pour lui bloquer le passage. À leur grande surprise, Gotham sauta directement dans la cheminée et disparut juste avant d'atteindre les flammes.

— Où est-il passé ? tonna Poigne de fer.

— Il peut être parti n'importe où. Visiblement, il peut prendre le RITM où il veut et quand il veut. Il a un don.

— Le RITM ! hurla le cochon, les yeux exorbités. D'abord, vous essayez de me faire croire que la Godasse ne sert à rien. Et ensuite, vous me cachez que votre ami est un spécialiste du RITM. Je pourrais le prendre avec toute mon armée pour envahir l'Autre Royaume. Je vous réserve une mort lente et très pénible, le chat.

— Non ! protesta une voix dans le fond de la salle.

Un drôle de chien sortit de la foule. Il était en train de changer d'apparence, mi-animal, mi-homme. Sa main arracha alors la Godasse des pattes du Grand Chef.

— Sacha Noir ! s'écria Salem, le souffle coupé.

— Je t'avais dit que je te retrouverais, Saberhagen, répliqua le détective.

129

Puis il se tourna vers les troupes de Joe Poigne de fer.

— Vous êtes tous en état d'arrestation. Fige-les, Sabrina.

Si Salem avait été surpris par l'apparition de Sacha Noir, il fut sidéré d'entendre la voix de Sabrina sortir de la bouche de la brebis.

— Je ne peux pas, bêla-t-elle. Mon sort d'apparence est trop puissant.

Le détective réagit aussitôt. D'une main, il saisit un tisonnier dans la cheminée et, de l'autre, il jeta la Godasse à Sabrina. Alors que la sandale volait dans les airs, il se posta devant Salem, prêt à le défendre.

En rattrapant le précieux objet, Sabrina demanda :

— Bien reçu mais, maintenant, qu'est-ce que j'en fais ?

— Tu es une sorcière, oui ou non ? hurla Salem. Mets-la pour augmenter tes pouvoirs !

Sabrina glissa sa patte de brebis dans la sandale de cuir.

Aussitôt, elle sentit une volonté et une puissance étonnantes en elle. Le sort d'apparence se dissipa sous l'effet de ses nouveaux pouvoirs. L'assemblée découvrit alors que la brebis était en fait une jeune sorcière. En les regardant, Sabrina ordonna :

— Allez-vous-en ! Disparaissez tous !

Sur Alexandre le Grand, la Godasse avait fait des merveilles, mais Sabrina n'était qu'une apprentie sorcière dont les pouvoirs étaient limités. Tout ce que le talisman pouvait faire pour elle, c'était d'éloigner les animaux les plus faibles.

Les rats et les ratons laveurs décampèrent les premiers, puis les chiens les moins féroces. Malheureusement, il en fallait plus pour effrayer Joe Poigne de fer. Le cochon se tournait déjà vers Sabrina. Terreur et Panique se rapprochèrent de Salem et de Sacha en grondant.

— Je crois qu'il vaut mieux qu'on file, poupée ! lui cria le détective. Je vais me servir de mon détecteur pour qu'on puisse prendre le RITM.

Mais Terreur se jeta sur lui et lui planta les crocs dans le bras. L'appareil fut projeté dans les flammes.

Sacha repoussa le molosse. Trop tard ! Le

détecteur n'était déjà plus qu'un morceau de plastique fondu.

— Partez ! hurla-t-il. Je vais les retenir aussi longtemps que je peux.

Poigne de fer tendit la patte vers la jeune sorcière.

— Donnez-moi la Godasse. Vos amis ne font pas le poids face à mon équipe de sécurité.

Sabrina écarta les bras. La menace du Grand Chef lui avait donné une idée. Les yeux fixés sur Sacha Noir, elle se mit à réciter une formule :

*Pour vous mettre au service de Drell, vous êtes devenu humain,*
*Mais, par le pouvoir de la Godasse que je tiens à la main,*
*Je veux que vous retrouviez votre corps,*
*Dès que j'aurai fini de jeter ce sort.*

Des étincelles apparurent autour du détective, puis se changèrent en éclairs. Il tomba à quatre pattes, son nez s'allongea en museau, sa peau se couvrit de poils. En un instant, Sacha Noir retrouva sa forme de chien-loup. Panique et Terreur commencèrent à reculer discrètement vers la porte.

Joe Poigne de fer était furieux mais il ne pouvait pas lutter. Il battit en retraite avec les autres. Avant que la porte de la salle ne se referme, il cria :

— Je vous retrouverai. Je lancerai mes troupes à vos trousses. Vous ne pourrez pas m'échapper !

Et il avait raison, sans le détecteur de réseau, Salem, Sabrina et Sacha étaient coincés dans ce coin perdu de l'Autre Royaume.

C'est alors que, autour d'eux, l'air se mit à vibrer.

# 17

# Le trésor de Drell

Sabrina se retrouva dans une bulle qui filait le long d'un tunnel. Un instant plus tard, elle émergea devant un immense château. Les monstrueuses gargouilles perchées sur les remparts la fixaient d'un air mauvais. Partout, gravés dans la muraille, on pouvait lire des messages accueillants du type : « Si j'étais vous, je ferais demi-tour » ou « Allez-vous-en tant qu'il en est encore temps. »

— Bienvenue chez Drell ! annonça Salem d'un ton ironique. C'est ici qu'il cache son trésor.

Sabrina se précipita sur son chat et le serra dans ses bras à l'étouffer, sans lâcher la Godasse qu'elle avait toujours à la main. Salem gigota pour essayer de lui échapper en protestant :

— Hé, pas de ça en public ! Un peu de tenue !

La jeune sorcière remarqua aussi Gotham et Sacha, debout sur le perron. Le détective avait retrouvé sa forme humaine, son imperméable et son chapeau de feutre. Le chien de berger secouait la queue, attendant leurs remerciements. Car c'était lui qui venait de les sauver. Elle lui sourit, ce qui le fit rougir sous ses longs poils.

Le petit groupe grimpa les marches et pénétra dans le château par une immense porte. Ils débouchèrent dans une sorte de galerie. La pièce était tellement vaste que Sabrina n'en voyait même pas le bout.

— On est dans la galerie des visiteurs, pour accéder au trésor, il faut descendre, expliqua Gotham.

Il les conduisit dans un ascenseur de verre qui les emmena au sous-sol. Quand la porte transparente s'ouvrit, ils découvrirent des rangées et des rangées d'étagères remplies de bric-à-brac : statues, livres, bijoux et bibelots de toutes sortes.

Sabrina resta bouche bée. Salem en avait le vertige. Mais Gotham, lui, trottinait tranquillement parmi les rayonnages. Les autres le suivirent, les yeux exorbités. Dans une vitrine réfrigérée, la jeune sorcière découvrit avec horreur un véritable velociraptor congelé. « J'espère qu'il n'y aura jamais de coupure de courant ! » se dit-elle, effrayée.

Elle rattrapa Gotham en courant. Il s'était arrêté devant un meuble en acajou. Sur l'unique étagère d'ivoire était posé un coussin de velours... vide. C'était le présentoir de la Godasse.

Sabrina tendit la sandale au chien de berger. Il la prit dans sa gueule puis il se dressa sur ses pattes arrière pour la déposer avec précaution sur le coussin.

Sacha, qui n'avait rien dit depuis qu'ils étaient arrivés chez Drell, laissa échapper un soupir de soulagement. Sa mission était accomplie.

— Même si ça me fait mal au cœur, marmonna Salem. Il vaut probablement mieux qu'elle reste ici, en sécurité.

Gotham le regarda d'un air un peu triste.

— Je l'avais volée pour toi, Salem. Prendre le pouvoir, c'était ton rêve, pas le mien. Moi, je voulais juste voyager, découvrir le monde. Mais finalement, je n'ai pas besoin de toi, ni de la Godasse. Tu m'as montré que je pouvais aller n'importe où avec le RITM.

Ses yeux s'éclairèrent.

— Maintenant, je vais passer ma vie à me promener, partout, dans l'univers entier. Grâce à toi, Salem. Merci pour tout.

L'air se mit à vibrer. Gotham ouvrit un portail d'accès au RITM. Il se retourna vers Sacha :

— Vous voulez venir avec moi ?

Le détective haussa les épaules. Son visage n'arrêtait pas de passer de figure humaine à gueule de loup et vice versa. Il sortit son insigne de détective de sa poche et le posa à côté de la Godasse sur le coussin.

— Drell va devoir se trouver un nouveau chien de garde. Je démissionne.

Il se tourna vers Sabrina et lui prit la main.

— Un jour, il faudrait que l'on trouve un

petit moment pour se voir, tous les deux, poupée. Dans un parc, ou sur une plage. Et on pourrait jouer au Frisbee, non ?

Sabrina lui sourit.

— Oui, ce serait chouette.

— Quant à toi, le chat..., reprit le détective en regardant Salem.

— Hum, toussota Sabrina. On s'était mis d'accord, vous vous souvenez ?

— Pas de problème, poupée. Visiblement, sans son génial complice, ce petit minou ne constitue pas une menace pour l'ordre public. Il est inoffensif.

Il porta la main à son chapeau pour la saluer une dernière fois puis suivit Gotham dans la navette du RITM.

Et il disparut en se transformant en chien-loup.

Sabrina soupira, un peu triste.

— Allez, on rentre à la maison, Salem. Hilda et Zelda vont être contentes de te revoir. Elles vont peut-être même te préparer un dîner spécial...

Elle s'arrêta, réalisant qu'il ne l'avait pas suivie. Il était resté sur place, fixant l'endroit où Sacha Noir avait disparu.

— Qu'est-ce qu'il a voulu dire ? C'est qui, ce « génial complice » ? Gotham ? Mais je vais lui montrer, moi, si je suis inoffensif !

— Ça suffit, Salem ! répliqua Sabrina en le prenant dans ses bras. Tu ne peux déjà pas ouvrir une boîte de pâtée tout seul, alors pour conquérir le monde, je crois que c'est mal parti...

## Sabrina
### l'apprentie sorcière

Et pour les plus jeunes :

### Salem
le chat de *Sabrina*

# Retrouve les aventures de Sabrina sur CD-ROM

**CD-ROM PC/MAC**

# Le 1er jeu d'action et d'aventure adapté de la série télé

Si tu veux en savoir plus sur le CD-ROM
Sabrina, l'Apprentie Sorcière, connecte-toi sur :

## www.havas-interactive.fr,

le site de référence de toute la famille.

A manda, une méchante petite sorcière, s'est emparée de la Casquette du Pouvoir et menace de semer la zizanie dans le Monde des Mortels.
Sabrina et son chat Salem doivent à tout prix l'en empêcher. Mais comment ? Et où se cache Amanda ?

Aide Sabrina et Salem et explore chaque univers à la recherche des ingrédients magiques pour déjouer les plans maléfiques d'Amanda !

Sorcière contre sorcière, la bataille s'annonce difficile !

Transformer des gardes en glaçons, plutôt rafraîchissant comme activité !

# Retrouve

## sur Canal J
## et plein d'autres
## super-séries !

Cet ouvrage a été composé par
PCA - 44400 REZE

*Imprimé en France sur Presse Offset par*

**BRODARD & TAUPIN**

GROUPE CPI

La Flèche (Sarthe), le 03-10-2001
N° d'impression : 8516
Dépôt légal : octobre 2001

  12, avenue d'Italie • 75627 PARIS Cedex 13

Tél. : 01.44.16.05.00